W0372028

Norman Hild
Schwarz, stark, tödlich

Norman Hild, Jahrgang 1951, ist verheiratet und lebt mit seiner portugiesischen Frau Nazaré und Tochter Lea in Hamburg. Er arbeitet seit über fünfunddreißig Jahren als Redakteur, Reporter und Moderator bei Verlagen und dem öffentlich-rechtlichen Hörfunk in Norddeutschland. Auf unzähligen Bühnen hat er bei Musik- und Sport-Events das Publikum mit den Größen des Show-Geschäfts unterhalten. Mehr als ein Jahr lebte er auf den kapverdischen Inseln in Westafrika und hat den schwarzen Kontinent auch durch sein soziales Engagement für Waisenkinder in Ruanda kennen gelernt.
Schwarz, stark, tödlich ist sein Krimi-Debüt und sein erster Titel im Programm des KBV.

Norman Hild

Schwarz, stark, tödlich

KBV

Originalausgabe
© 2010 KBV Verlags- und Mediengesellschaft mbH, Hillesheim
www.kbv-verlag.de
E-Mail: info@kbv-verlag.de
Telefon: 0 65 93 - 99 86 68
Fax: 0 65 93 - 99 87 01
Umschlagillustration: Ralf Kramp
Druck: Aalexx Buchproduktion GmbH, Großburgwedel
Printed in Germany
ISBN 978-3-940077-76-9

Für meine Frau Nazaré
und unsere Tochter Lea Noreen,
mit denen ich für uns alle unvergessliche Monate
in Cabo Verde verbracht habe.

1. Kapitel

Der alte Mann neben Robert Palmer schwitzte. Mit seiner linken Hand klammerte er sich an der Armlehne fest, mit der rechten stützte er sich am Vordersitz in der kleinen Propellermaschine ab. Immer wieder stammelte er unverständliche Worte vor sich hin. Palmer ärgerte sich über die Stewardess, die ihn neben den Alten gesetzt hatte. Dieser kehrte offensichtlich in seine Heimat zurück. In die Republik Kap Verde, sechshundert Kilometer vom afrikanischen Kontinent mitten im Atlantik gelegen.

Der junge belgische Pilot drückte den Steuerknüppel nach vorn und leitete den Anflug auf die Hauptstadt Praia ein. Jetzt wurden die Räder mit lautem Rumpeln ausgefahren, als die Maschine eine 180-Grad-Kurve über dem Meer flog. Die Stirn des Alten war klitschnass, Schweißtropfen liefen über das tiefschwarze, unrasierte Gesicht. Palmer rutschte auf seinem Sitz so weit nach links wie möglich. Er wollte mit dem Mann nicht in Berührung kommen, reagierte nicht auf sein Gemurmel.

Draußen an den kleinen Fenstern der ATR 42 mit ihren fünfzig Sitzplätzen perlten Regentropfen an den Scheiben herab. Palmer erkannte die ersten Lichter der Hauptstadt, schaute auf seine Armbanduhr: 21.23 Uhr. Eine Windbö ließ die Maschine erzittern. Der alte Mann packte Palmers Arm, sah ihn flehend und fragend an.

»Haben Sie keine Angst, es passiert schon nichts«, sagte Palmer auf Portugiesisch zu dem Alten und schob dessen Hand von seinem Arm. Der hatte seine Augen weit aufgerissen, den Mund geöffnet, und Palmer sah, wie ihm Schweißtropfen auf den Hemdkragen fielen. Palmer merkte, dass der

Alte ihn nicht verstanden hatte. Entweder war er kein Kapverdianer oder er sprach nur kreolisch.

Der Pilot drosselte jetzt die Geschwindigkeit und drückte die blauweiße ATR weiter nach unten. Die Maschine überflog Prainha, den besseren Stadtteil. Palmer versuchte, das Haus zu entdecken, wo er seit knapp zwei Jahren wohnte. Er hatte sich gefreut, auf der Terrasse noch einen kühlen Drink zu nehmen. Aber das Wetter spielte nicht mit. Jetzt im Oktober war noch Regenzeit, und heute hielt sich das Wetter sogar an diese Regel.

Mit Tempo 200 flog die Propellermaschine in nur dreißig oder vierzig Meter Höhe durch stockdunkles Gebiet, kein Licht war zu erkennen. Dann die ersten blitzenden Lampen der Landebahn und Sekunden später setzte die ATR mit einem kräftigen Ruck auf dem Flughafen von Praia auf. Die Motoren heulten auf, der Pilot bremste, hinten klappten ein paar Rückenlehnen der freien Sitze nach vorn, und kurz darauf kam die Maschine zum Stehen.

Der Alte neben Palmer wischte sich mit dem Ärmel über die Stirn. Sein Gesicht war entspannter, fast lächelte er. Palmer befreite sich vom Sicherheitsgurt, stand auf und schlug mit dem Kopf gegen die Gepäckablage. Der fast 1,90 Meter große Deutsche fluchte vor sich hin, rieb sich den Kopf und öffnete das Gepäckfach. Er zog den schwarzen Pilotenkoffer heraus und drängte in Richtung Cockpit. Die Stewardess hatte beim Landeanflug schon darauf hingewiesen, dass nur vorn ausgestiegen werden konnte. Vermutlich war wieder etwas an der Maschine der Cabo Verde Airlines TACV defekt. Wie so oft bei dieser kleinen Fluggesellschaft, dachte Palmer, während er versuchte, so schnell wie möglich an den anderen Passagieren vorbei zur Gangway zu kommen.

Unten schoben vier Männer vom Bodenpersonal die rollende Treppe an die Maschine. Die Stewardess legte den großen Türriegel um und stieß die Tür auf. Die Treppe wurde mit dem Flieger verbunden, und Palmer war nach einem jungen Mann der zweite, der die ATR verlassen konnte.

»Obrigado«, sagte er zur Stewardess und fragte sich, wofür er sich bei ihr eigentlich bedankte. Weder hatte es ein Getränk gegeben, noch hatte die Frau dafür gesorgt, dass Palmer einen guten Sitzplatz in der Maschine bekommen hatte. Der schwülwarme Wind trieb ihm den leichten Nieselregen ins Gesicht, als Palmer die Eisentreppe schnell hinunterging.

Auf dem Flughafen der Hauptstadt der kapverdischen Inseln gab es keinen Bus, der die Passagiere zum Terminal brachte. Dreihundert Meter waren es zu dem kleinen, weiß getünchten Haus, zu dem das Bodenpersonal das Gepäck bringen würde. Robert Palmer schlug den Kragen seines dunkelblauen Blazers hoch, knöpfte den obersten Hemdknopf auf und lockerte die rotblaue Krawatte. Er ging rasch über den schwarzen, vom Regen glänzenden Asphalt und war froh, schnell ein Dach über dem Kopf zu haben.

Palmer stellte sich neben das eiserne Laufband, wo gleich auf den vielen, kleinen Rollen die Gepäckstücke reingeschoben werden würden. Schnell war der kleine Raum mit den etwa fünfundzwanzig Passagieren aus der ATR gefüllt. Der Alte, der neben ihm gesessen hatte, kam als Letzter. In den Händen trug er zwei Plastiktüten. Seine Augen trafen Palmer und er hob die Mundwinkel zu einem leichten Lächeln. Palmer nickte kurz, schaute dann auf das große Poster der Fluggesellschaft, das ein sonnigblaues Kap Verde zeigte, und wartete auf seinen Koffer.

Der Lärmpegel im kleinen Ankunftsterminal der TACV schwoll an, als die ersten Gepäckstücke auf dem eisernen Transportband ankamen: mit Stricken zusammengebundene

Koffer, Rucksäcke, verschnürte Pappkartons, ein zusammengeklappter Kinderwagen. Fliegen und Mücken schwirrten um die alten, verschmutzten Neonröhren. Ein großer Ventilator an der Decke sorgte für wenig Kühlung. Dann endlich: Palmers schwarzer Hartschalen-Koffer.

Der blonde, schlanke Eins-neunzig-Mann entdeckte sofort, dass etwas nicht stimmte. Jemand musste an dem Koffer gewesen sein, denn eins der beiden Klappschlösser war geöffnet und das kleine Schloss fehlte. Palmer überlegte blitzschnell: Hatte er etwas Wichtiges im Koffer gelassen? Hatte er teure Gegenstände eingepackt? In Gedanken ging er das Einpacken in seiner kleinen Hamburger Wohnung im Stadtteil Eimsbüttel durch. Jeans, T-Shirts, Hemden, zwei Anzüge, Wäsche und Socken, zwei in Handtücher eingewickelte Whiskey-Flaschen – viel mehr war es nicht.

Dann erinnerte er sich an die Worte seines Chefs in Hamburg, der für den Transport des Koffers zum Flughafen gesorgt hatte: »Sie werden bei ihrer Ankunft noch eine angenehme Überraschung in Praia erleben.« Was Dr. Harald Helm in seinem Büro unten am Hafen gemeint hatte, wusste Palmer nicht.

Seine Geschäftsunterlagen, ein paar hundert Euro in bar, die kleine, grüne Aufenthaltserlaubnis für Ausländer, sein Adressbuch und der Laptop waren im Pilotenkoffer, den er während der gesamten fast achtzehnstündigen Reise über München bei sich gehabt hatte. Den Koffer hatte ein Mitarbeiter seines Chefs auf dem Hamburger Flughafen Fuhlsbüttel für ihn mit Ziel Kap Verde aufgegeben.

Palmer griff sich seinen Koffer, drückte den rechten Schnappverschluss zu und bewegte sich zum Ausgang. Plötzlich stand der alte Mann wieder vor ihm. Er nickte ihm zu. Palmer reagierte nicht, schob den Alten freundlich aber bestimmt mit seinem Koffer zur Seite, drängte sich zum Vorplatz des Terminals und blickte suchend umher. Wo war seine afrikanische Kollegin Carla? Sie wollte ihn abholen und in das von ihm bewohnte Haus im Stadtteil Prainha bringen.

Palmer stellte den großen Koffer neben sich, den kleinen zwischen die Füße, und zog aus der Jackentasche sein Handy. Er suchte die Telefonnummer von Carla Lancer. Es dauerte eine Zeit, ehe sich das Telefon in das kapverdische Netz eingewählt hatte, dann ließ er es klingeln. Bei seiner Mitarbeiterin sprang die Mailbox an: »Vorübergehend nicht erreichbar«, sagte eine portugiesische Stimme.

Palmer schaute noch mal über den kleinen Parkplatz und suchte ihn nach seinem dunkelgrünen Landrover ab. Bei seiner Abreise vor drei Wochen aus Praia hatte er Carla den Schlüssel für seinen Wagen gegeben und sie gebeten, ihn heute Abend abzuholen. Gestern, kurz bevor er seine Rückreise angetreten war, schickte er noch eine Email, um die weißhäutige Afrikanerin mit den langen, blonden Haaren an seine Ankunftszeit zu erinnern. Aber weder die Frau, die selbst die Einheimischen nicht für eine gebürtige Afrikanerin hielten, noch der grüne Sechszylinder waren zu sehen.

Zwei junge Männer kamen auf Palmer zu.

»Senhor, Taxi?«, fragten sie fast zeitgleich und versuchten, Palmers großen Koffer zu nehmen. Palmer nickte dem einen der beiden Taxifahrer zu und ging hinter ihm zu dessen Wagen, einen auf Hochglanz polierten, weißen Opel. Der junge Kapverdianer in Jeans und kurzärmeligem, buntem Hemd legte den Koffer hinten in das Auto, Palmer stieg ein, nannte seinen Stadtteil, und der Taxifahrer fuhr los. Die Fahrt ging zunächst über einen kleinen, holprigen Weg und führte dann über eine vierspurige Straße an der Stadtmauer entlang in Richtung Prainha.

Palmer fühlte sich hier schon fast wie zu Hause. Seit zwei Jahren lebte er auf den kapverdischen Inseln und arbeitete als Geschäftsführer eines deutschen Unternehmens, das sich auf den Export von Kaffee spezialisiert hatte. Er lebte allein in der weiß gestrichenen Villa, die in einer der besten Ecken der Stadt lag. Damals, als er das Angebot bekommen hatte, für seinen Hamburger Chef eine Niederlassung der Im- und Exportfirma in Westafrika aufzubauen, hatte ihn seine langjährige Freundin für total verrückt erklärt. Sie war absolut gegen Palmers Pläne, in eines der ärmsten Länder der Welt überzusiedeln. Auch die Schilderungen Palmers über die besondere Freundlichkeit der Kapverdianer, das nahezu ewig gute Wetter und letztlich auch die besonders gute Bezahlung konnten die junge Frau nicht von ihrer ablehnenden Meinung abhalten. Doch Palmer reizte die Aufgabe so sehr, dass er den Job annahm – immer in der Hoffnung, seine Freundin würde ihm eines Tages folgen. Jetzt, nach zwei Jahren, gab es zwischen den beiden keinen Kontakt mehr. Und Palmer ertappte sich häufig dabei, wie sehr er sich nach einer Partnerin sehnte.

In den letzten drei Wochen in Norddeutschland hatte Palmer neue Kunden aufgetan, die in den nächsten Monaten mit dem exzellenten Kaffee von dem westafrikanischen Inselstaat beliefert werden wollten. Palmer hatte froh seine Rückreise nach Afrika angetreten, denn sein Auftragsbuch war gut gefüllt. Das versprach mindestens für die nächsten zwölf Monate gute Geschäftszahlen.

Nach knapp einer Viertelstunde Fahrt hatte der Taxifahrer das Ziel erreicht: das weiße, etwas zurückliegende Haus in der Straße Quebra Canela. Noch immer nieselte es leicht, aber es mussten auch jetzt, etwa eine Stunde vor Mitternacht, sicher noch 25 Grad Celsius sein.

Im Scheinwerferlicht sah Palmer eine Gestalt auf das Auto

zukommen: sein afrikanischer Wachmann, der von achtzehn Uhr bis morgens um acht das Haus hütete. Rechts neben Palmer wohnte der spanische Generalkonsul mit Familie, links sein angolanischer Freund José, Chef der Welthungerhilfe der Vereinten Nation für den afrikanischen Kontinent.

Auf José und seine Frau Isabell hatte Palmer sich seit seinem Abflug gefreut: Sie verstanden sich bestens, nie gab es Probleme, einer half dem anderen, und häufig gingen sie gemeinsam abends irgendwo in der Hauptstadt zum Essen.

Nenezinho, der vierundzwanzigjährige Wachmann von Palmer, begrüßte seinen Chef mit freundlichen Worten und vielen Fragen. »Boa noite, Senhor, wie war die Reise? Geht es Ihnen gut? Sind Sie gar nicht mit Ihrem Auto gekommen? Wo ist denn Donna Carla?«

Palmer zuckte mit den Schultern. »Keine Ahnung, Nenezinho, ich hab sie erwartet, aber bis jetzt nicht gesehen.« Er schüttelte seinem jungen Angestellten freundlich die Hand, gab dem Taxifahrer 300 kapverdische Escudos, ließ Nenezinho den Koffer aus dem Auto holen und ins Haus tragen.

Auf der anderen Straßenseite der *Quebra Canela* hörte Palmer die Brandung des Atlantik. Er schloss das weiß lackierte Gartentor, ging mit seinem Pilotenkoffer in der Hand hinter seinem Wachmann durch den kleinen Vorgarten mit Palmen, Rohrzucker und blühenden Bäumen. Jetzt endlich mit dem Regen würde das ganze Land wieder mit einem Hauch von Grün überzogen werden, sein Garten würde blühen. Vor den sieben Treppenstufen zur Hauseingangstür stoppte Palmer, holte sein Schlüsselbund aus dem Blazer und tastete sich im Dunkeln vorsichtig die Steinstufen nach oben.

»Senhor, haben sie nicht ein Feuerzeug?«, fragte Nenezinho, der schon oben neben der Tür stand. Palmer fühlte nach den Schlüsseln, bis er den richtigen in der Hand hatte.

»Ist alles gut gelaufen?«, fragte er seinen jungen Wachmann, während er den Schlüssel ins Türschloss steckte. »Was gibt es an Neuigkeiten, hat Donna Carla sich nicht bei dir gemeldet?«

Nenezinho schüttelte den Kopf.

»Nein Senhor, ich habe sie seit einer Woche nicht gesehen. Sie war vor über einer Woche einmal kurz im Büro und seitdem ist sie nicht wiedergekommen.«

Palmer hatte die große, braun gestrichene Tür aufgeschlossen, stellte im kleinen Flur seinen Pilotenkoffer ab und schaltete Flur- und Außenlicht an. Es roch scheußlich im Haus. »Stell den Koffer hier hin. Wir sehen uns morgen!« Er spürte jetzt, wie anstrengend die Reise war. »Das war eine lange Tour, und ich bin verdammt müde«, meinte Palmer zu Nenezinho.

Der junge Mann lächelte seinen Chef an. »Ich freu mich, dass Sie wieder hier sind!« Er wünschte Palmer eine gute Nacht und verschwand über die Treppe wieder im Vorgarten.

Palmer wusste, Nenezinho würde sich gleich wie jede Nacht vorn vor dem Haus unter die Überdachung legen und schlafen, anstatt die Zeit mit Rundgängen um das Gebäude zu verbringen. Seinen Wachmann überkam spätestens um Mitternacht immer die Müdigkeit, obwohl er auf das Haus aufpassen sollte. Aber Palmer hatte es aufgegeben, den jungen Mann ständig zurechtzuweisen. Es war eigentlich auch nicht notwendig, hier einen eigenen Wachmann nachts und einen anderen tagsüber zu beschäftigen. Aber Palmer fühlte sich verpflichtet, wenigstens einigen Kapverdianern Arbeit zu geben. Und es war für seine Verhältnisse wenig, was er zahlte. Für die Wachleute, für seine Haushälterin Rosa und den Gärtner Mario aber bedeutete die Arbeit alles. Sie konnten ihre Familien und sich ernähren und Rosa schaffte es mit dem bescheidenen Gehalt sogar, die Miete für ein kleines Haus zu bezahlen.

Palmer schloss die Tür, ging ins Wohnzimmer und schaltete die Lampen an. Kakerlaken huschten aus den Lichtstrahlen unter die Möbel. Er öffnete die Tür zur großen Terrasse und atmete tief durch. Carla wollte das Haus eigentlich während seiner Abwesenheit lüften. Aber sie war offenbar kein einziges Mal gekommen, denn Palmer fand alles so vor, wie er es zurückgelassen hatte.

Er ging durchs Esszimmer in die Küche an den Kühlschrank. Den ersten Durst löschte er mit einem großen Schluck aus der Mineralwasserflasche. Dann nahm er sich einen Rotwein aus dem Kühlschrank.

Palmer hasste warmen Rotwein, der hier oft in den Restaurants mit Temperaturen von 20 Grad oder gar mehr angeboten wurde. Immer hatte er einen Vorrat im Kühlschrank. Und oben in der Altstadt auf dem Felsplateau fand er in einem kleinen Supermarkt einen guten portugiesischen Rotwein. Der kapverdische war ihm zu lieblich. Er öffnete die Flasche, nahm sich aus dem Hängeschrank ein Weinglas und ging zurück ins Wohnzimmer.

Palmer liebte es, die gleichmäßige Brandung des Meeres zu hören. Er goss sich im Stehen einen Rotwein in den Glaskelch, nahm einen großen Schluck und blickte auf das vor ihm liegende Meer. Jetzt kam weit hinten am Horizont zwischen den dunklen Wolken der Mond hervor und verzauberte das Meer in eine glitzernde Weite.

Minutenlang verharrte er an der Terrassentür, in der rechten Hand das Rotweinglas, in der linken die Flasche. Er stellte beides ab und schaltete den Fernseher und die Satellitenanlage ein. Europa und die deutsche Heimat Palmers waren ihm jetzt wieder ganz nah: über die fast drei Meter Durchmesser große Parabolantenne auf dem Dach konnte er fast alle Programme von zu Hause empfangen.

Er setzte sich auf einen schwarzen Ledersessel, den er wie viele seiner anderen Möbel im Container mit nach Afrika genommen hatte. Mit der Fernbedienung zappte er durch die Programme und nahm zwischendurch immer wieder einen Schluck Rotwein.

* * *

Es war schon weit nach Mitternacht, als Palmer sich an seinen Koffer erinnerte, den jemand geöffnet haben musste. Er ließ den Fernseher mit einer Talkshow laufen und stand auf, um aus dem Flur den dunklen großen und den kleinen Koffer zu holen. Neben dem Glastisch stellte er beide ab, legte den großen auf den beige-braunen Fliesenboden und öffnete ihn.

Er runzelte die Stirn: obenauf, über seinen Hemden und T-Shirts, lag ein Paket, das ihm nicht gehörte. Palmer drückte mit der flachen Hand auf das zerknitterte, hellbraune Packpapier. Ein billiger Bindfaden hielt das Päckchen zusammen. Palmer nahm das etwa 30 mal 30 Zentimeter große Paket aus dem Koffer und legte es auf seine Beine. Mit der rechten Hand öffnete er seine rote Krawatte und zog sie aus dem Hemdkragen.

Palmer schluckte. Jetzt fühlte er mit beiden Händen das Paket und zerrte dann den Bindfaden ab. Das sind irgendwelche Papiere, dachte Palmer und fragte sich, wer die in seinen Koffer gesteckt haben könnte. Unten war das Päckchen mit Klebeband noch mal verschlossen.

Palmer riss das Papier auseinander und stieß ein fast keuchendes »Oh mein Gott« aus: unzählige Geldbündel lagen in dem Paket, druckfrische Euro-Noten, versehen mit der Banderole der Bundesbank. 50er, 100er und 200er Banknoten.

Palmer fing langsam an zu zählen. Er zählte immer wieder tausend Euro zusammen und legte die Stapel nebeneinander. Nach wenigen Minuten waren es 200.000 Euro. Eine unglaubliche Summe, die ihm jemand in den Koffer gesteckt hatte.

Palmer wusste nicht, ob er Angst bekommen oder sich freuen sollte. Wem gehörte das Geld? Sollte es für ihn sein? »Sie werden da unten in Praia bei Ihrer Ankunft noch eine angenehme Überraschung erleben«, - das waren die Worte seines Chefs in Hamburg gewesen.

Robert Palmer spürte, wie er feuchte Hände bekam. Verschiedene Gedanken schossen ihm durch den Kopf. Er stellte sich die eigene Villa am Meer vor, ein sorgloses Leben. Dann sah er Bilder von Polizei und Gestalten, die von ihm das Geld zurückforderten. Sollte er zu seinem Nachbarn José gehen, ihn um Rat fragen? Oder sollte er das alles zunächst für sich behalten, ein ganz normales Leben weiterführen und so tun, als habe er nie dieses Päckchen in seinem Koffer gefunden? Sollte er jetzt in Hamburg anrufen, und Dr. Helm fragen, ob er die Scheine in sein Gepäck hatte stecken lassen?

Robert Palmer blickte immer wieder auf das gebündelte Geld. Auf 200.000 Euro, die ihm nicht gehörten. Er guckte auf den Fernseher, ohne sich auf das Bild oder den Ton konzentrieren zu können.

Dann packte er die Scheine, stapelte sie übereinander und wickelte sie wieder in das braune Papier. Er blickte über die Terrasse in den Vorgarten. Hatte ihn jemand beim Öffnen seines Koffers beobachtet? Schnell schloss er die Tür.

Mit dem Paket in beiden Händen ging Palmer durch sein

großes Wohnzimmer, durchquerte den kleinen, dunklen Essraum und öffnete in der Küche die Doppeltür zum Hinterhof.

Hier war das kleine Hinterhaus, das früher einmal mit einem Zimmer und angrenzendem Duschbad für die Hausangestellte genutzt worden war. Jetzt war es voll mit Kartons und Gartengeräten, Farbeimern und einem Fahrrad. Sachen, die dem Hausbesitzer Emidio und zum Teil Palmer selbst gehörten.

In der gespenstischen Dunkelheit schloss Palmer die Tür auf und machte nur mit seinem Feuerzeug Licht. Er quetschte sich vorbei an den Kisten und Kästen und ging in das kleine Bad, das längst nicht mehr genutzt wurde. Es stand voll mit schmiedeeisernen Gartenmöbeln und einer Leiter. Hinter einen an der Wand lehnenden Teppich, aufgerollt und eingepackt in dicke Folie, steckte Palmer das Paket.

Hier würde niemand darangehen, weder sein Gärtner Mario noch seine Haushälterin Rosa. Es gab nur einen Schlüssel für das Hinterhaus, und der hing für jeden griffbereit in der Küche. Palmer entschied, den Schlüssel einzustecken. Wenn einer seiner Angestellten etwas von hier brauchte, sollten sie ihn nach dem Schlüssel fragen.

Palmer verschloss die Tür und ging zurück ins Haus. Er fühlte einen undefinierbaren Druck in der Magengegend. Immer wieder stellte er sich die gleiche Fragen: Wer hatte ihm das Geld in den Koffer gesteckt? Und wo hatte man den Koffer geöffnet?

Gedanklich ging er erneut seine Reise von Hamburg auf die kapverdischen Inseln durch. In Hamburg war der Koffer aufgegeben worden, und erst vor gut zwei Stunden hatte er ihn am Flughafen von Praia wieder in die Hand genommen. Bei der Zwischenlandung in München war er umgestiegen, also musste hier auch der Koffer umgeladen worden sein.

Und die Boeing der kapverdischen Gesellschaft TACV war dann bis zur Insel Sal geflogen. Da musste Palmer in die kleine Maschine umsteigen und das afrikanische Bodenpersonal auf Sal hatte auch seinen Koffer hier verladen. Also kamen nur Hamburg, München und der Flughafen von Sal infrage.

Nur vor dem Start oder bei den Zwischenlandungen konnte jemand das Schloss seines Koffers aufgebrochen und das Paket reingelegt haben. Derjenige musste so wenig Zeit gehabt haben, dass er nicht mal den rechten Klappverschluss des Koffers wieder hatte schließen können. Sollte etwa sein Chef oder einer seiner Mitarbeiter das Geld in den Koffer gelegt haben? Aber warum? Wofür sollte das Geld sein?

Im Wohnzimmer schaltete Palmer den Fernseher aus, klappte den großen Koffer zu und nahm ihn und den kleinen, schwarzen Pilotenkoffer mit ins Schlafzimmer. Er guckte auf die Uhr: Es war kurz vor eins. In sieben Stunden würde seine Haushälterin kommen. Er hatte Rosa für seinen dreiwöchigen Aufenthalt in Deutschland freigegeben. Schließlich hatte er seine Kollegin Carla Lancer gebeten, hin und wieder in der Wohnung und im unten gelegenen Büro nach dem Rechten zu sehen.

Trotz der inneren Unruhe verspürte Palmer nach der langen Rückreise wieder seine Müdigkeit. Vielleicht eine Stunde hatte er auf der Strecke von München nach Sal geschlafen. Er schaltete die weiße Lampe auf dem Nachttisch an und holte sich aus dem viertürigen Kleiderschrank eine kurze Pyjamahose. Schnell hatte er sich ausgezogen, ging zurück in den Flur zwischen Schlaf- und Wohnzimmer.

Im dunkelgrün gefliesten Badezimmer drehte er am Waschbecken den Hahn auf und wollte beide Hände mit dem lauwarmen Wasser füllen. Es roch brackig. Palmer drehte den Hahn weiter auf, ließ das Wasser einen Moment laufen und wusch sich dann das Gesicht. Wenige Minuten später lag er im Bett, stellte den Wecker auf sieben Uhr, und erneut ging es in seinem Kopf um das Geld, das jetzt hinter dem Teppich im kleinen Hinterhaus versteckt war.

Palmer schaltete das Licht aus: es war stockdunkel im Schlafzimmer. Durch das verschlossene Sprossenfenster hörte er leise die Brandung des Meeres. Palmer atmete tief durch und wie beim Betreten des Hauses bemerkte er wieder den unangenehmen, fast beißenden Geruch. Morgen früh würde er Rosa anweisen, das ganze Haus zu reinigen. Er drehte sich auf die Seite und blickte in die Dunkelheit. Durch den weißen Vorhang schimmerte ein kleiner Lichtschein. Über dem Meer musste jetzt der Mond scheinen.

Wieder schnupperte Palmer, sprang dann aus dem Bett und ging ans Fenster. Ganz leise öffnete er es und schaute in den Vorgarten. Von seinem Wachmann Nenezinho war nichts zu sehen. Palmer musste recht gehabt haben: sicher lag der junge Mann unten vor dem überdachten Eingang zum Büro und schlief. Nichts war zu hören. Nur die Wellen, die drüben auf der anderen Seite der Straße regelmäßig und fast beruhigend gegen die Uferböschung brandeten. Er ließ das Fenster geöffnet und legte sich wieder ins Bett. Immer wieder drehte er sich von einer auf die andere Seite und war irgendwann eingeschlafen.

* * *

»Senhor Robert, hallo.« Und wieder: »Senhor Robert«.

Palmer riss die Augen auf, blickte auf den Wecker. Es war acht Uhr. Er hatte verschlafen und sprang aus dem Bett. »Einen Moment, ich komme gleich«, rief er aus dem Fenster in den Vorgarten, wo Rosa stand.

Die Sonne war längst aufgegangen. Keine Wolken mehr am Himmel, sicher waren es schon knapp 30 Grad, es würde ein heißer Tag werden. Palmer zog sich ein weißes T-Shirt über, lief barfuß zur braunen Hauseingangstür und schloss auf.

»*Bom dia*, Senhor Robert.« Rosa strahlte Palmer mit ihren weißen Zähnen an. Die knapp über vierzig Jahre alte, tiefschwarze Kapverdianerin mit blauem Rock und gelber Bluse reichte Palmer die Hand. Ihre pechschwarzen Haare hatte sie eingeölt und nach hinten gekämmt. »Es ist schön, dass Sie wieder hier sind«, sagte Rosa und fragte: »Wie geht es Ihnen, wie war es in Deutschland?«

»Rosa, es ist so gut, dass Sie da sind«, antwortete Palmer und war wirklich froh, seine freundliche und hilfsbereite Haushälterin wiederzusehen. »Danke, es war prima. Viel Arbeit und ein furchtbares Wetter in Deutschland. Aber hier hat es auch geregnet, fast so schlimm wie in Hamburg.« Palmer lachte. »Machen Sie Kaffee?«, fragte er und schloss hinter Rosa die Tür.

»Senhor Robert, natürlich!« Die Haushälterin zeigte wieder ihr herzliches Lächeln.

»Ich komme gleich«, antwortete Palmer und ging ins Badezimmer. Er schob den Duschvorhang zur Seite, drehte das Wasser auf und stellte sich unter die Brause. Schnell rasierte er sich, putzte die Zähne und lief mit einem um die Hüften gelegtes Handtuch ins Schlafzimmer. Jeans, weißes, kurzärmeliges Hemd, leichte, dünne Schuhe – das sollte für heute reichen. Er würde erst morgen in die Stadt fahren, heute wollte er unten im Büro erste, dringende Arbeiten erledigen, die eingegangenen Mails studieren und mehrere Telefonate führen.

»Senhor Robert«, rief Rosa laut. »Wo ist denn Donna Carla, kommt sie gar nicht? Und das Auto ist auch nicht da«, sagte

Rosa, die sich jetzt ihren blauweiß gestreiften Kittel angezogen hatte. In den Händen trug sie ein großes Tablett mit Frühstücksgeschirr, Kaffee, Brot, Butter, Ziegenkäse und Marmelade.

»Oh Rosa, danke, dass sie frisches Brot mitgebracht haben«, sagte Palmer lächelnd und meinte dann: »Ich weiß auch nicht, wo Carla ist. Sie wollte mich letzte Nacht vom Flughafen abholen, war aber nicht da. Und sie hat mein Auto.«

Palmer nahm sich vom gläsernen Wohnzimmertisch sein Handy und folgte Rosa auf die Terrasse. Sie hatte den braunen Tisch und den weißen Plastikstuhl abgewischt.

Der häufige Wind und auch die leichten Brisen auf den Inseln brachten stets feinen Sand mit sich – zum Ärger jeder Haushälterin und jeder Hausfrau. Denn bereits wenige Stunden nach dem Putzen, Wischen und Fegen waren Terrassen und auch Wohnungen wieder mit einer hauchdünnen Sandschicht bedeckt.

Rosa legte eine Decke auf den sauber glänzenden Tisch und servierte Palmer das Frühstück. Er schenkte sich aus der weißen Thermoskanne einen Kaffee ein und drückte auf seinem Handy die Wahlwiederholungstaste. Carla Lancer müsste jetzt erreichbar sein. Aber wieder sprang bei ihr nur die Mailbox an: »Der Anschluss ist zur Zeit nicht erreichbar.«

Erst in diesem Moment fiel Palmer wieder das Paket ein, das er in der Nacht im Hinterhaus versteckt hatte.

Ich habe jetzt 200.000 Euro, dachte er und erneut überfiel ihn dieses unruhige Gefühl. Oder war das alles nur ein verrückter Traum gewesen?

Er lehnte sich in seinem Stuhl zurück und streckte die langen Beine weit unter dem Tisch aus. Er nahm ein Brot, brach es mit den Händen auseinander und steckte sich kleine Stücke in den Mund. Der schwarze Kaffee tat ihm gut. *Café de Cabo Verde* stand auf der weißen Tasse, eine Tasse des Unternehmens, mit dem er jetzt weiter in guter Partnerschaft Geschäfte machen würde.

Kaffee von der Nachbarinsel Fogo - das Hauptgeschäft, mit dem Robert Palmer sein Geld verdiente. Er kaufte mitunter mit seinem Geschäftsfreund Miguel Santos von den Plantagenbesitzern auf der südlichen Insel Fogo mit seinem fast 3000 Meter hohen Vulkan *Pico de Fogo* den Kaffee ein, ließ ihn kontrollieren und sorgte dann für den Geschäftsablauf bis hin zur Verschiffung nach Deutschland. Und dort nahmen Kaffeehändler ihm die begehrte Ware zu besten Konditionen ab.

Palmer ging zurück ins Schlafzimmer, holte den Schlüssel vom Hinterhaus und ging durch die große Wohnung zu seinem Versteck. Rosa wischte den Eingangsflur und konnte es nicht sehen, als Palmer im Halbdunkel hinter der Teppichrolle nach dem Päckchen im braunen Packpapier sah. Palmer wollte sich nur vergewissern, dass das alles tatsächlich geschehen war. Er drückte den verpackten Teppich fest gegen die Wand, vergewisserte sich, dass niemand das Päckchen auf den ersten Blick sehen konnte und verließ das Hinterhaus. Zweimal drehte er den Schlüssel im Türschloss und kontrollierte dann noch mal, ob die Tür fest verriegelt war. Niemand konnte jetzt ohne sein Zutun die beiden Räume betreten.

Rosa stand auf der Treppe und fegte mit einem Handfeger die verstaubte Hauseingangstür ab. Palmer ging in sein Schlafzimmer und nahm den Pilotenkoffer mit Akten und Laptop. »Rosa«, sagte er, »im Haus riecht es fürchterlich. Es wäre schön, wenn Sie überall die Fenster öffnen. Ich geh runter ins Büro.«

Die Haushälterin lächelte Palmer an und wie immer sagte

sie: »Ist gut, Senhor. Mach ich.« Und als Palmer die Treppe hinunter in den Vorgarten ging, rief sie ihm nach: »Tun sie nicht zu viel, Senhor Robert. Und um eins gibt es Essen!« Und Rosa lachte laut.

Palmer war guter Laune. Seine Haushälterin schaffte es immer wieder, dass er froh gestimmt war. Sie war eine herzliche Frau, die ein schweres Leben hinter sich hatte. Ihr Mann hatte sie vor mehreren Jahren von einem Tag auf den anderen sitzen lassen und hatte sich nie wieder bei ihr gemeldet. Und zu Hause, in ihrer einfachen Steinhütte, hatte Rosa noch zwei Töchter. Am Rande von Praia, in dem hügeligen Gelände *Ponta d'Agua*, war sie vor knapp zwei Jahren in das kleine Haus mit zwei Zimmern gezogen. Ein Wohnzimmer mit offener Brennstelle, das auch als Küche genutzt wurde. Auf Raten hatte sie einen kleinen Kühlschrank gekauft, der wegen des häufigen Stromausfalls oft nicht lief. Rosa schlief auf einer kleinen Couch in diesem Raum, ihre Töchter in einem Bett im zweiten Zimmer. Fließend Wasser hatte das Haus nicht.

Lange bevor Rosa sich am Morgen häufig zu Fuß auf den Weg zu Palmers fünf Kilometer entferntem Haus aufmachte, ging sie mit alten Plastikkanistern zum Tankwagen, um dort Wasser zu holen. Einziger Luxus in ihrer Hütte waren der Kühlschrank und ein alter Fernsehapparat mit Zimmerantenne. Nur das kapverdische Programm konnte die Mutter mit ihren beiden Töchtern hier empfangen - wenn es Strom gab. Ein Programm mit einer täglichen, manchmal endlos scheinenden Nachrichtenschau, mit Musiksendungen und alten Filmen aus Portugal.

Rosa war Palmer endlos dankbar, dass er sie angestellt hatte. Denn es war fast unmöglich, in der Stadt eine Arbeit zu finden. Immer mehr Afrikaner, insbesondere aus dem benachbarten Senegal, kamen vom afrikanischen Kontinent auf die kapverdischen Inseln und waren bereit, für deutlich geringere Löhne zu arbeiten.

Als Palmer vor rund zwei Jahren in den westafrikanischen Staat kam und sein Haus im vornehmen Stadtteil Prainha bezog, hätte er fast täglich Menschen einstellen können: Sie klingelten bei dem Deutschen und boten sich als Hausangestellte, Gärtner oder Handwerker an. Für umgerechnet fünf Euro pro Tag wollten sie arbeiten.

Einmal ließ Palmer das Haus neu streichen, ein anderes Mal ließ er sich für die Terrasse ein Dach mit Binsenmatten gegen die brennende Sonne bauen. Die Arbeiten hatten Tagelöhner erledigt, zwar enorm günstig, aber zum Teil auch zum Ärgernis von Palmer recht mangelhaft. Der Maler hatte nicht nur das Haus gestrichen, auch Bäume, Büsche und Blumen waren voll weißer Farbe. Und dem Terrassendach traute Palmer bei stärkeren Westwinden nicht: Es drohte in den ersten Wochen häufig zusammenzubrechen, ehe ein Zimmermann es perfekt befestigt hatte.

Palmer ging langsam durch den Vorgarten und freute sich an den grünen und blühenden Pflanzen. In den drei Wochen, die er in Deutschland war, waren besonders der Rohrzucker und die Akazien noch mehr gewachsen. Mario, der immer fröhliche Gärtner, hielt den Garten in bester Ordnung, und trotz seiner fast siebzig Jahre war er fit wie ein junger Mann.

Nenezinho war längst gegangen und vorn, vor dem Gartentor saß Henrique, der alte, großgewachsene Kapverdianer, der tagsüber das Haus von Palmer bewachte. Er war über mehrere Ecken mit Rosa verwandt und damals, als Palmer das Haus in Prainha bezogen hatte, bat Rosa den Deutschen, Henrique diese Aufgabe zu geben.

»Senhor, Sie werden es nicht bereuen. Er ist ein guter

Mensch. Er ist zwar schon älter und hört schwer, aber er ist zuverlässig.« Sie hatte gelächelt und hinzugefügt: »Nicht so, wie manche der jungen Leute, die oft nur an ihren Spaß denken.«

»Olá, Senhor Robert«, rief Henrique, stand auf und nahm wie ein Soldat die Hand an die Stirn. Der Alte hatte wie jeden Tag seine Wasserflasche und eine Plastikdose mit seinem bescheidenen Essen auf die Mauer zum Nachbargrundstück gestellt.

»Olá, Henrique«, sagte Palmer mit lauter Stimme und winkte dem Mann zu. Dann ging er auf ihn zu ans Gartentor.

»Haben Sie Carla gesehen, Henrique?«, fragte Palmer so laut, das sogar die Nachbarn ihn hören mussten. Der Kapverdianer grinste nur, zuckte die Schultern und nuschelte ein kaum verständliches »Ich weiß nicht, wo Donna Carla ist«. Der Wachmann hatte wieder sein Gebiss aus dem Mund genommen und es vermutlich in seine Brotdose gesteckt.

Palmer schätzte den großen Mann, der stets freundlich war und seine Aufgabe zur Zufriedenheit Palmers erledigte. Vor Monaten hatte Palmer ihm abgetragene, aussortierte Hemden und zwei Hosen gegeben. Henrique trug die europäische Kleidung voller Stolz. Und Palmer war zufrieden, dass sein Wachmann jetzt etwas besser angezogen das von ihm bewohnte Haus hütete.

Palmer klopfte Henrique auf die Schulter und ging auf den unteren Teil des Hauses zu. Hier war ursprünglich eine zweite Wohnung mit drei Zimmern, Küche und Bad gewesen. Als Palmer die obere Wohnung mietete, wohnte unten noch ein spanisches Ehepaar, zu dem er kaum Kontakt gehabt hatte. Bei ihrem Auszug richtete er hier vor über einem Jahr das Büro für die Firma ein. Er arbeitete im früheren Wohnzimmer, für Carla hatte er das ehemalige Schlafzimmer als

Büro eingerichtet. Regale, Schreibtische und ein Sofa mit Sesseln für Besucher hatte er vom Hauseigentümer Emidio übernommen oder neu in Praia gekauft. Er war froh darüber, dass er sich nicht mehr oben in der Wohnung ein provisorisch als Büro eingerichtetes Zimmer mit Carla teilen musste.

Carla Lancer hatte schon früher für Palmers deutschen Chef in Praia gearbeitet, und Palmer musste mit ihr weiterarbeiten, ob er wollte oder nicht. Doch irgendwie konnte und wollte er der blonden, hellhäutigen Kapverdianerin nicht vertrauen. Palmer wusste nie so recht, ob Carla nicht hinter seinem Rücken gegen ihn arbeitete.

Sie hatte offenbar die in Afrika unbezahlbaren guten Kontakte zur kapverdischen Regierung, der Polizeipräsident von Praia war ihr Bruder, und mit dem Bürgermeister der Stadt duzte sie sich. Palmer war über ihren Einsatz für das Geschäft mehr als enttäuscht. Auch war er täglich der Erste, der das Büro betrat und er war es, der am späten Nachmittag die Räume wieder abschloss.

Allzu oft wusste Palmer nicht, was Carla den ganzen Tag im Büro tat. Sie telefonierte viel, sprach dann oft kreolisch, was Palmer kaum verstand, und schrieb viel am Computer. Zwei- oder dreimal am Tag kam sie zu ihm ins Nachbarbüro, beschwerte sich dann oft über ihre langsam arbeitenden Landsleute und berichtete vom neuesten Klatsch aus der Hauptstadt.

Für die Firma tat sie nach Palmers Gefühl wenig. In Hamburg hatte Palmer mehrfach über Carla gesprochen, aber sein deutscher Chef hielt offenbar viel von der Frau, vielleicht weil sie so oft von ihren guten Kontakten zu den Wichtigen des Landes sprach.

Palmer schloss die große Tür zum Büro auf und ein bitterer, süßer Gestank schlug ihm entgegen. Er stand in seinem

Büro. Nichts war verändert. Alles war so, wie er es vor drei Wochen verlassen hatte. Die Tür zu Carlas Büroraum war geschlossen.

Palmer stockte der Atem, er schluckte, griff zur Türklinke und öffnete die Tür. Beißender Geruch stand in dem Raum. Carla Lancer lag mit dem Oberkörper auf dem Schreibtisch. Ihre langen, blonden Haare verdeckten das Gesicht, der rechte Arm hing nach unten, die linke Hand lag auf einem Stapel Papiere. Sie trug wie fast immer ihre schwarze Kleidung: einen dünnen Pullover, eine elegante Hose und schwarz glänzende Schuhe. Daneben lag ihre geöffnete, große Handtasche. Papiere, Schlüssel, ein Paket Taschentücher und ein Lippenstift waren aus der Tasche auf den Kachelboden gerutscht.

Palmer stürzte aus dem Büro hinaus, schlug die Eingangstür zu und lief durch den Vorgarten zurück in seine Wohnung. Er nahm auf der Treppe gleich zwei, drei Stufen auf einmal.

Rosa räumte gerade den Frühstückstisch auf der Terrasse ab und schaute ihn verwundert an. »Senhor Robert, was ist?«, fragte sie. Kein Lächeln. Sie wusste offenbar sofort, es war etwas Furchtbares passiert.

2. Kapitel

Palmer stand an der *Quebra Canela,* ging unruhig auf und ab und wartete auf das Eintreffen der Polizei.

»Robert Palmer aus Prainha«, hatte er vorhin hervorgestoßen, nachdem er mit feuchten Fingern die Nummer von Carlas Bruder im Präsidium gewählt hatte. »Bitte geben Sie mir den Präsidenten.«

»Wer sind Sie?«, hatte ein Polizist mit ruhiger, gelangweilter Stimme am anderen Ende der Leitung gefragt.

»Ich arbeite zusammen mit der Schwester Ihres Chefs, mit Carla Lancer. Geben Sie mir Senhor Lancer, schnell bitte, es eilt«, hatte Palmer laut in das Telefon gerufen. Auf der anderen Seite hatte es ewig gedauert, bis eine kräftige Stimme zu vernehmen gewesen war: »Ja?« Der Polizeipräsident.

»Hier ist Robert Palmer aus Prainha, Sie müssen kommen!« Palmer hatte die Stimme versagt. Er stammelte: »Ihre Schwester«, und machte wieder eine Pause. Er schluckte. Dann: »Sie liegt hier. Kommen Sie!«

Palmer hatte dann nichts mehr gehört. Polizeipräsident Lancer sagte kein Wort. Dann reagierte er und fragte: »Ist sie ...«, er machte eine Pause von Sekundenbruchteilen, »ist sie tot? Sie sind in Prainha?«

»Ja«, mehr hatte Palmer nicht sagen können. Der Polizeipräsident hatte aufgelegt.

Auf der *Quebra Canela* fuhren jetzt zwei Wagen vorbei. Noch war es nicht die Polizei. Palmer blickte nach rechts, schaute auf das Haus seines angolanischen Freundes José. Der musste schon das Haus verlassen haben: Auf dem engen Parkplatz vor dem Haus stand kein Auto mehr. Palmer überlegte kurz, ob er schnell nach nebenan zu Josés Frau Isabell gehen sollte, aber er verwarf den Gedanken. Polizeipräsident Lancer würde sicher gleich kommen.

Der schlanke, blonde Polizeichef hatte ihm damals geholfen, als Palmer auf die kapverdischen Inseln gekommen war. Palmer hatte zunächst nur das Touristenvisum mit einer Gültigkeitsdauer von neunzig Tagen gehabt. Obwohl die Verantwortlichen im Wirtschafts-Ministerium ihm gleich in den ersten Tagen zugesichert hatten, schnell für eine unbegrenzte Aufenthaltserlaubnis zu sorgen, hatte Palmer mehr als zwei Monate warten müssen. Erst durch einige Telefonate des Polizeichefs bekam er wenige Tage vor Ablauf seines Touristen-Visums den grünen Ausweis. Jetzt konnte Palmer immer wieder schnell und unproblematisch auf die Kapverden einreisen und musste sich nicht wie die anderen Ausländer am Flughafen für 20 Euro ein Visum kaufen.

Endlich! Aus der Ferne hörte Palmer das auf- und abheulende Signal eines Polizeifahrzeugs. Er blickte auf seine Armbanduhr: 10:10 Uhr. Die Sonne brannte. Kleine Schweißperlen standen ihm auf der Stirn.

Dann sah er unten um die Straßenkurve einen blauweißen Polizeiwagen kommen. Die Sirene wurde immer lauter. Palmer sprang auf die Straße, winkte dem Wagen zu. Der Polizei-Toyota bremste scharf und kam einen Meter vor ihm zum Stehen. Fast gleichzeitig wurden beide Türen aufgestoßen, rechts stieg mit hastigen Bewegungen Polizeipräsident Lancer aus dem Wagen, von der Fahrerseite folgte ihm ein Polizist. Lancer trug zivil, der Fahrer eine Uniform.

Palmer rief: »Senhor Lancer, hier unten. Hier im Büro, Ihre Schwester, ich bin heute Nacht erst wiedergekommen.«

Der Polizeichef und sein junger Kollege liefen durch den Vorgarten in Palmers Büro. Palmer blieb vor der Tür stehen. Der Wachmann Henrique blickte mit ängstlichem Gesicht auf die Szenerie. Oben von der Terrasse verfolgte Rosa, was unten im Haus an der *Quebra Canela* geschah.

Im Nachbarhaus des Generalkonsuls ging die Haustür auf. Die Haushälterin des Spaniers lugte über die Gartenmauer. Plötzlich standen auch die Wachleute der benachbarten Häuser vor Palmers Haus. Sie tuschelten miteinander, zeigten auf das Büro.

Palmer bewegte sich langsam auf sein Büro zu. Fast fiel es ihm schwer, einen Fuß vor den anderen zu setzen. Er schob die angelehnte Tür mit der rechten Hand auf und stand in seinem Büroraum. Von hier konnte er in Carlas Büro gucken. Mit dem Rücken zu ihm standen vor seiner toten Kollegin Polizeichef Lancer und sein junger Mitarbeiter.

»Senhor Lancer«, sagte Palmer mit leiser Stimme. »Ich weiß nicht, was hier passiert ist«, flüsterte er in den Raum.

Lancer drehte sich um und sah Palmer an. Er schüttelte den Kopf, als ob er sagen wollte: Sie lebt nicht mehr.

Lancer schob Palmer aus dem Büro in den Vorgarten und zog sein Handy aus dem hellbraunen Jackett. Er wählte schnell eine Nummer, drehte sich dann zurück zum Büro und gab mit leiser aber klarer Stimme ein paar kurze Befehle. Der Polizeichef rief seine Mitarbeiter und beide Männer gingen ohne ein Wort zu verlieren zum Wagen. Das Blaulicht blitzte noch immer auf. Aus dem Funkgerät hörte man zerhackte Gespräche. Sie holten aus ihrem Fahrzeug ein Klemmbrett mit Papier, ein Maßband, Fotoapparat und einen kleinen Koffer.

»Senhor Robert«, sagte Lancer, »wissen Sie, was hier passiert ist?« Der Polizeichef blieb im Vorgarten stehen und blickte Palmer an. Seine Stimme verriet, dass er Mühe hatte, diese Worte zu sprechen. Er hielt Schreiber und Papier in der leicht zitternden Hand, mit der anderen zeigte er hinter sich, und wieder fragte er: »Was ist hier geschehen?«

Palmer zuckte mit den Schultern: »Ich weiß es nicht«, brachte er dann heraus. »Ich bin gestern am späten Abend aus Deutschland zurückgekommen, Ihre Schwester wollte mich abholen. Aber sie war nicht da. Ich habe sie auch am Telefon nicht erreicht. Heute Morgen, als ich in das Büro ging ...« Palmer konnte nicht weiter sprechen und deutete nur auf die Eingangstür.

Mit jetzt festerer Stimme sagte Lancer im Befehlston zu Palmer: »Bitte betreten Sie diese Räume nicht. Ich habe unsere Spezialisten informiert, die gleich kommen werden. Wir werden das untersuchen. Später müssen wir miteinander sprechen.«

Lancer ging mit seinem Mitarbeiter zurück in Carlas Büro. Von innen stießen sie das Fenster zum Vorgarten auf. Irgendetwas rief er auf Kreolisch zu den Wachleuten vor dem Gartentor, zu denen sich jetzt immer mehr Kapverdianer gesellten: Frauen, Kinder, ein Autofahrer, der bremste und aus dem Fenster auf den Polizeieinsatz schaute. Die Frauen und Männer nahmen die Kinder an sich, wichen ein paar Schritte zurück und gingen, als Lancer sie mit lauter Stimme von der Straße schickte.

Palmer stand sekundenlang wie angewurzelt im Vorgarten, sah das Geschehen, aber nahm es nicht wirklich wahr. Er spürte kaum die brennende Sonne, fühlte sich leer und wusste nicht, was er jetzt machen sollte. Wie in einem zu schnell laufenden Film gingen ihm Szenen durch den Kopf, in denen Carla eine Rolle spielte. Wie sie morgens selbstbewusst mit ihren langen, blonden, wehenden Haaren ins Büro kam. Wie sie an ihrem Schreibtisch saß, telefonierte und am Computer schrieb.

Dann sah er das Bild von Carlas Tochter Maria vor sich. Die große, schlanke Frau, immer fröhlich. Mit ihren ungefähr fünfundzwanzig Jahren hatte sie schon ein bewegtes Leben hinter sich, hatte auf verschiedenen spanischen Inseln in der Immobilienbranche gearbeitet und war jetzt Mitarbeiterin eines Portugiesen, der am Rande von Praia ein neues Stadtviertel bauen ließ: große Villen auf kleinen Grundstücken, die sich nur die Kapverdianer leisten konnten, die ihr Geld im Ausland verdient hatten.

Hinter vorgehaltener Hand wurde oft davon gesprochen, dass hier Afrikaner lebten, die mit Drogengeschäften ihren Reichtum erwirtschaftet hatten. Drogen, die vom nur dreieinhalb Flugstunden entfernten südamerikanischen Kontinent kamen und von den Kapverden auf dem Seeweg nach Europa geschmuggelt wurden. Palmer hatte es oft bei seiner Bank erlebt, dass Kapverdianer mit Aktenkoffern an die Schalter kamen und fast unzählige Stapel an Geldscheinen auf den Tresen kippten. Geld, bei dem hier keiner nach der Herkunft fragte und das offenbar in neue Geschäfte gesteckt wurde. Vielleicht in die Häuser, die Carlas Tochter Maria mit ihrem portugiesischen Chef verkaufte.

Palmer ging in Richtung Büro und blieb in sicherem Abstand vor dem geöffneten Fenster stehen.

»*Desculpa*, Entschuldigung«, rief er in das Fenster, und der Mitarbeiter von Lancer erschien. »Mein Auto«, fuhr er fort und zeigte auf den leeren Vorplatz vor dem Grundstück. »Ich hatte es vor drei Wochen Donna Carla gegeben, es ist nicht hier.«

Der Polizist ging zurück und Palmer hörte, wie er leise mit dem Polizeipräsidenten sprach.

»Ich kann Ihnen da jetzt nicht helfen«, sagte Lancer, der nun in der Eingangstür zum Büro stand. »Sie werden verstehen, dass hier erst mal andere Sachen geklärt werden müssen.«

Palmer nickte nur und fragte: »Kann ich gehen?«

Nur ein kurzes »Ok!« gab es von Lancer, der trotz seiner toten Schwester jetzt scheinbar gefasst und ruhig wirkte. Palmer wusste, dass die Geschwister nicht den besten Kontakt zueinander gehabt hatten. Mitunter, wenn Carla im Büro mit ihrem Bruder telefonierte, konnte Palmer Vorwürfe hören. Und manchmal knallte Carla nach den Gesprächen den Hörer auf und verließ Minuten darauf ohne ein Wort das Haus an der *Quebra Canela*.

Carla hatte bei ihren Klatschgeschichten aus Praia manches Mal in Nebensätzen erwähnt, dass sie es gewesen war, die ihrem Bruder zum Posten des Polizeichefs von Praia verholfen hatte. Und wahrscheinlich – so dachte es sich Palmer – zeigte Lancer nicht die Dankbarkeit, die Carla erwartete. In Kreisen der Ausländer, die sich hin und wieder abends in einer der wenigen Hotelbars in Praia trafen, wurde getuschelt, auch Carla sei in dunkle Geschäfte verwickelt. Seitdem beobachtete Palmer seine Mitarbeiterin kritischer und versuchte, für sich die vielen Geschichten aufzuklären. Aber bis heute war er noch nicht zu einem Ergebnis gekommen, was hinter all den Gerüchten stecken konnte.

Palmer ging zurück in seine Wohnung. Er musste seinen Chef in Hamburg über die Vorkommnisse informieren. Er blickte auf die Uhr, zwei Stunden Zeitunterschied waren es zu Deutschland. Jetzt würde er Dr. Harald Helm erreichen, der ihn vor rund zwei Jahren als seinen Stellvertreter für Afrika engagiert hatte und für den er auf den Kapverden äußerst erfolgreich Geschäfte abwickelte. Helm war ein reicher Unternehmer, der große Gewinne im Im- und Export machte.

Damals, als er Robert Palmer nach Afrika geschickt hatte, war es Helm nicht klar gewesen, ob es überhaupt möglich war, mit den Kapverdianern in Handelsbeziehungen zu treten.

Aber mit Palmer war der Unternehmer auf der Gewinnerseite: Palmer hatte schon nach wenigen Wochen beste Kontakte zu den wenigen kapverdischen Firmen geknüpft, die als Partner infrage kamen. Und nach anfänglichen Schwierigkeiten lief die kleine Niederlassung jetzt perfekt.

Palmer ging im Wohnzimmer zum Telefon. Die Nummer in Hamburg kannte er. Er hob den Hörer ab, konnte aber nicht das Freizeichen hören. »Rosa«, rief er seine Haushälterin. »Haben wir keinen Strom?«

Die Afrikanerin kam mit Tränen im Gesicht von der Küche ins Wohnzimmer. Sie schüttelte nur den Kopf. Der Tod von Carla Lancer hatte die Frau völlig aus der Fassung gebracht.

Als ob er Rosa nicht trauen würde, versuchte Palmer die Stehlampe neben dem schwarzen Telefontisch einzuschalten. Aber auch das Licht ging nicht an. Wie so häufig gab es wieder einen Stromausfall. Manchmal war es nur für zwei oder drei Stunden, manchmal einen ganzen Tag, und Palmer hatte es mehrfach erlebt, dass der gesamte Stadtteil Prainha auch tagelang ohne Strom blieb.

Für die Anwohner war das immer eine harte Geduldsprobe. Denn sie mussten dann nicht nur auf Strom verzichten, auch das Wasser lief nicht mehr, weil die Pumpen nicht mehr arbeiteten, um das Wasser aus den großen Tanks in die Leitungen der Häuser zu befördern.

Palmer hatte sich schon oft vorgenommen, einen Generator für Haus und Büro anzuschaffen. Aber er hatte auf die Portugiesen vertraut, die das heimische Elektrizitätswerk bewirtschafteten. Die Versorgungsleitungen aber waren so mangelhaft, dass mit einer grundlegenden Besserung der Stromversorgung in der ganzen Stadt kaum zu rechnen war.

»Ich gehe ins Hotel«, sagte Palmer zu Rosa, griff sich sein Handy, den Hausschlüssel, Zigaretten und ging hinaus.

Henrique stand noch immer fassungslos vor dem Gartentor. Palmer nickte ihm nur kurz zu und blickte zurück auf das Büro. Dort standen Lancer und sein Mitarbeiter und warteten offensichtlich auf Verstärkung aus dem Polizeipräsidium. Palmer ging vorbei am spanischen Generalkonsulat und überquerte die Straße. Die Temperatur war bereits auf über 30 Grad Celsius gestiegen.

* * *

In dem portugiesischen Restaurant *A Falesia* putzte das Personal den Eingang. Nur etwa 300 Meter weiter lag der Komplex vom Hotel *Praia Mar*, eins von zwei Vier-Sterne-Hotels auf der Insel Santiago. Hier im Hotel gab es oft internationale Kongresse, die Staatsgäste wurden in diesem Haus untergebracht, aber nur selten waren Touristen zu Gast. Lediglich am Wochenende war das *Praia Mar* voll mit Afrikanern und den Ausländern, die auf Santiago wohnten. Das Hotel hatte einen großen Pool und direkt daneben gelegen ein Restaurant und Café, wo die Gäste geschützt vor der Sonne unter kunstvoll geflochtenen Bambusdächern sitzen konnten.

Palmer ging durch die immer kühle Eingangshalle ins Hotel. Hier brummte leise der riesige Generator, der sofort ansprang, wenn die öffentliche Stromversorgung zusammenbrach. Jetzt, zur Mittagszeit, würden einige von den Ausländern kommen, mit denen Palmer im Laufe der vielen Monate zum Teil sehr enge Kontakte geknüpft hatte. Wie so oft waren auch hier auf der Insel Santiago die wenigen Ausländer eine verschworene Gemeinschaft. Hier half jeder jedem, Neuankömmlinge wurden in das kapverdische Leben eingeführt. Die Gemeinschaft war zudem wie eine Informationsbörse für neueste Nachrichten aus dem Geschäfts- und Privatleben.

Palmer suchte sich einen schattigen Platz und bestellte einen doppelten Espresso und ein Mineralwasser. Fast war es schon Mittagszeit, aber er verspürte keinen Hunger. Die Bilder von der auf dem Schreibtisch liegenden, toten Carla gingen ihm nicht aus dem Kopf. Und zwischendurch erinnerte er sich immer wieder an sein Versteck hinter der Teppichrolle. Dort lagen, fest verpackt, 200.000 Euro, die ihm nicht gehörten.

Eine afrikanische Kellnerin mit dunkelblauem Rock und enger, weißer Bluse stellte ihm mit einem freundlichen Lächeln Kaffee, Wasser und ein Glas auf den Tisch. Palmer riss automatisch das kleine Zuckertütchen auf, schüttete den Inhalt in den cremigen Espresso und nippte an dem heißen Getränk. Er trank gerade aus dem Glas Wasser, als er seinen Namen hörte.

»Robert!«

Palmer drehte sich um und sah Miguel, den portugiesischen Chef der Firma *Café de Cabo Verde*.

Miguel, Ende dreißig, schlank und schwarze, kurze, lockige Haare, lebte schon seit fast zehn Jahren auf den Kapverden. Er war ein erfolgreicher Kaufmann, der wusste, wie er mit den Afrikanern gute Geschäfte machen konnte. Für vier bis sechs Wochen war er immer in Praia, reiste zwischendurch nach Südamerika, um auch dort Kaffee einzukaufen, und hielt sich häufig für vierzehn Tage in seiner Heimat Portugal auf. Dort lebten seine Frau und seine beiden Kinder. Palmer kannte Miguel gut und sprach ihn manches Mal auf sein beneidenswertes Leben an. Ein attraktives Haus im Stadtteil Prainha, ein gut laufendes Unternehmen und eine hübsche Frau in seinem Haus am Stadtrand von Lissabon. Palmer schüttelte jedoch manchmal den Kopf über Miguel Santos, denn mitunter genoss der das kapverdische Leben in vollen Zügen: Partys mit Kapverdianern und attraktiven

Frauen, die nicht Palmers Geschmack entsprachen und die nicht selten die ganze Nacht bei Santos blieben. Doch Palmer schätzte seinen portugiesischen Partner: Wenn es Probleme gab, wusste dieser immer einen Ausweg. Und er war es auch gewesen, der vor fast zwei Jahren Palmer den Einstieg in das Kaffeegeschäft ermöglicht hatte.

»Miguel«, rief Palmer, sprang von seinem Stuhl auf und kam dem Portugiesen mit geöffneten Armen entgegen. Die beiden Männer umarmten sich und klopften sich gegenseitig auf die Schultern.

»Wie war es in Hamburg?«, fragte Miguel Santos und wollte wissen: »Hast du neue Aufträge mitgebracht? Wollen die deutschen Röstereien neuen Kaffee haben?«

Palmer nickte und sagte: »Das läuft gut, aber es ist etwas Furchtbares passiert.«

Miguel hielt Palmer an den Schultern fest, schaute ihm in die Augen und fragte: »Was ist los, mein Freund? Es ist doch phantastisch, wenn du wieder Container nach Deutschland schicken kannst. Ich kann dir auch ...«

Der Portugiese konnte seinen Satz nicht zu Ende bringen, denn Palmer unterbrach ihn: »Miguel, hör doch zu: Carla, Carla Lancer«, und er stockte, um zu schlucken, »Carla Lancer, sie ist tot!«

Santos ließ die Arme sinken und riss die Augen auf: »Was? Was hast du gesagt? Carla ist tot?«

Palmer zog Miguel an seinen Tisch und erzählte ihm, was er in seinem Haus erlebt hatte. Wie er nachts angekommen und am Morgen die Frau tot am Schreibtisch aufgefunden hatte.

Miguel packte Palmer am Arm: »Und jetzt, und was hast du gemacht? Polizei?«

Palmer nickte »Die sind jetzt drüben. Lancer ist völlig fertig. Er will wohl von der Spurensicherung noch jemanden holen.« Palmer nahm einen Schluck Mineralwasser und lehnte sich zurück: »Es ist furchtbar, ich hab keine Ahnung, was da passiert ist. Carla muss da schon seit Tagen liegen. Der Geruch im Haus ...«

Miguel stand auf. »Lass uns rübergehen, vielleicht wissen die schon mehr.« Er winkte die afrikanische Bedienung heran, zog eine Handvoll Münzen aus der Hosentasche und bezahlte für Palmer Kaffee und Wasser.

* * *

Mit schnellen Schritten gingen die beiden Männer vorbei am Pool, dessen tiefblaues Wasser spiegelglatt in der Sonne glänzte. Zu dieser Zeit war noch kein Mensch in dem großen Becken. Sie gingen durch die Eingangshalle, grüßten kurz den Mann an der Rezeption und Miguel sagte: »Wir nehmen meinen Wagen.«

Miguel öffnete mit der Fernbedienung die Türen des weißen Jeeps. Im Auto waren es jetzt sicher 50 Grad oder mehr. Als der Portugiese den Motor anließ, blies die Klimaanlage noch heißere Luft ins Wageninnere. Sie öffneten die Seitenfenster und fuhren schnell die wenigen Meter in die *Quebra Canela*.

Vor Palmers Haus stand neben Lancers Dienstwagen ein weiteres Polizeifahrzeug. Miguel parkte direkt hinter ihm, und beide Männer stiegen aus. Wachmann Henrique war aufgesprungen und öffnete für die beiden Ausländer das weiße Gartentor.

»Olá Senhor«, murmelte der große alte Mann nur und blickte auf Palmer.

Palmer ging mit seinem Geschäftsfreund durch den Vorgarten zum Eingang des Büros.

»*Bom dia*«, sagte Miguel und guckte in die geöffnete Tür

des Büros. Drinnen standen vier Polizisten in Uniform mit ihrem Chef. Einer von ihnen fotografierte, ein anderer blätterte im Stapel der Papiere auf dem Schreibtisch. Sie hatten die Tote aus dem Stuhl gehoben und auf den Fußboden gelegt. Ihr Gesicht bedeckte ein großes, blaues Handtuch, das sie aus dem angrenzenden Badezimmer geholt hatten. Lancer wollte mit dem Bürotelefon eine Verbindung herstellen, merkte aber schnell, das es nicht funktionierte.

Als er aus der Gürteltasche sein Handy nahm und sich umdrehte, sah er die beiden Männer. »Bitte«, rief er und hob die flache Hand, um den beiden zu zeigen, nicht weiter in das Büro zu kommen. »Bitte warten Sie draußen.«

Palmer und Miguel gingen drei Schritte zurück und blieben unter dem Vordach des Büros stehen.

»Hast du nicht mit ihr telefoniert, als du in Deutschland warst?«, fragte Miguel und sagte dann: »Wenn ich es jetzt überlege, dann habe ich sie auch seit Tagen nicht mehr gesehen.« Dann fasste er sich an den Kopf: »Robert, dein Auto hab ich gestern oder vorgestern unten am Hafen gesehen. Auf dem Parkplatz vor dem Zoll war das, glaube ich. Ich dachte noch, da muss ja Carla sein, weil ich wusste, du würdest erst letzte Nacht kommen.«

»Kannst du mich hinfahren?«, fragte Palmer und ging zurück zum Büroeingang.

»*Desculpa*, Senhor Lancer, Entschuldigung, aber Senhor Miguel hat meinen Wagen am Hafen gesehen. Können wir, kann ich ihn holen?«

»Ja, fahren Sie. Aber bleiben Sie bitte in Praia«, sagte Lancer und fügte hinzu: »Ich rufe sie später an, ich habe ihre Handynummer, ich melde mich.« Er drehte sich wieder um und ging zu seinen Kollegen.

Palmer sagte nur kurz zu Santos: »Ich hol schnell den

Ersatzschlüssel, der liegt oben bei mir« und lief um das Haus über die Treppe in seine Wohnung.

Wenig später stiegen Palmer und der Portugiese wieder in den Wagen und fuhren ab. Palmer überlegte in diesem Moment ganz kurz, ob er seinem Geschäftsfreund auch von dem Paket aus seinem Koffer erzählen sollte, aber er verwarf den Gedanken. Das wollte er zunächst für sich behalten und versuchen, selbst herauszufinden, woher die Scheine kamen, die oben im Hinterhaus hinter der Teppichrolle gut versteckt waren.

Viel zu schnell fuhr Miguel auf der schlecht gepflasterten Straße, wich den tiefen Schlaglöchern aus und brauste aus dem Stadtteil Prainha in Richtung Hafen. Langsam begann die Klimaanlage zu kühlen. Die beiden Männer sprachen über Palmers Mitarbeiterin Carla Lancer.

»Glaubst du, Robert, dass Carla da allein«, Miguel stockte: »dass Carla allein gestorben ist? Oder ist sie ...« Er beendete den Satz nicht, aber Palmer wusste natürlich, was der Portugiese andeuten wollte.

»Ob sie ermordet worden ist, meinst du? Genug Feinde und Neider hat sie ja gehabt. Aber dass sie ermordet worden ist, was soll es da für einen Grund gegeben haben?«

Miguel stieß ein lautes »Na ja« aus und meinte dann: »Die hat es doch selbst drauf angelegt, dass sie kaum jemand mochte. Arrogant wie die war. Und an niemandem hat sie was Gutes gelassen. Nur sie, immer nur sie. Die hat doch geglaubt, sie sei die Allwissende und könnte bei jedem Geschäft mitreden. Und glaubte, sie hätte die besten Kontakte zur Regierung. Und um ehrlich zu sein«, Miguel bewegte den Kopf kurz zu Palmer, »Robert, wie die manchmal über dich gesprochen hat, mich hat das gewundert, dass du sie nicht längst gefeuert hast.«

Palmer zuckte mit den Schultern. »Was hätte ich machen sollen? Ich hab oft genug in Hamburg darüber gesprochen, aber mein Boss wollte sie ja unbedingt behalten. Der Helm glaubte doch immer, nur ihretwegen würde das hier alles so gut laufen. Der hat sich wie so viele andere total von ihr um den Finger wickeln lassen. Hat ihr Geld gezahlt, aber wofür, das weiß ich auch nicht. Die hat doch nichts wirklich zustande gebracht.« Palmer machte eine Pause und sagte dann: »Und nun ist sie tot.«

Der weiße Jeep fuhr auf der jetzt asphaltierten, vierspurigen Straße vorbei an der großen Bucht. Drüben, auf der anderen Seite lag der Hafen. Sie fuhren in Höhe der ockerfarbenen Insel, der *Ilhéu Santa-Maria*, auf der früher die Leprakranken untergebracht worden waren. Das große Haus auf der felsigen Insel war nur noch eine Ruine. Angeblich wollte die Regierung eine Brücke zur Insel bauen und auf ihr ein Hotel mit Spielcasino errichten lassen. Eins von vielen Projekten der kapverdischen Regierung, das auf dem Papier großartig aussah, mit perfekten Zeichnungen und Bildern. Aber das sicher auch in zehn Jahren noch nicht umgesetzt sein würde. Denn noch längst nicht war Kap Verde so weit, dass Investoren in dieses Land viel Geld steckten.

Sie fuhren an mehrstöckigen Häusern hinter der hohen Stadtmauer vorbei, bogen in einem Kreisel rechts ab in Richtung Flughafen und Hafen und nach dreihundert Metern in einem weiteren Kreisverkehr nochmals rechts. Direkt an der Bucht ging es in Richtung Zoll.

Im flachen Wasser der Bucht von Praia lag noch immer das alte Fischerboot, das ein Deutscher vor vielen Jahren einmal als Ausflugsboot für Taucher ausgebaut hatte. Irgendwann war die Maschine kaputt gegangen, und über Nacht hatten Diebe das ganze Schiff ausgeräumt. Jetzt lag es auf die Seite gekippt als Wrack in der Bucht und fiel durch Salzwasser und Wellen immer mehr auseinander.

Miguel steuerte den Jeep direkt auf den Hafen zu, wo gerade die *Barlavento* beladen wurde. Ein alter Kahn, der jetzt Handelsgüter und manchmal auch Einheimische von einer Insel zur anderen transportierte. Links und rechts an der Straße standen ein paar fliegende Händler, die von ihren Karren Getränke und Kleinigkeiten zum Essen anboten. Vor ihnen war die Hafeneinfahrt mit Schranken und Wachleuten, rechts das alte Zollgebäude mit einem größeren Parkplatz.

Miguel lenkte den Wagen nach rechts, rief laut: »Da steht er, siehst du?« und bremste vor Palmers grünem Landrover.

Palmer sprang aus dem Wagen und ging um sein Auto herum. Auf dem Beifahrersitz war ein schmaler Aktenordner, der Carla gehören musste. Mit dem Ersatzschlüssel öffnete Palmer den Wagen. Vor dem Beifahrersitz lagen zerknüllte Papiere und eine leere Zigarettenschachtel. Er beugte sich vom Fahrersitz auf die Beifahrerseite, um den Müll aufzuheben. Auf der Zigarettenschachtel entdeckte er eine Telefonnummer: Sie begann mit 99, also eine kapverdischen Handynummer. Palmer riss die Schachtel auseinander und steckte das beschriebene Stück in das Mittelfach zwischen den Vordersitzen. Das zerknüllte Papier drückte er zusammen und stieg damit wieder aus. Neben seinem Wagen warf er das Papier in eine alte Öltonne, die jetzt als Mülleimer genutzt wurde.

Dann ging er um den Wagen zu Miguel Santos. »Können wir rauf zur Firma fahren, ich muss dringend in Hamburg anrufen, Dr. Helm über all das informieren.«

Palmer wartete nicht auf die Antwort seines Geschäftskollegen, sondern ging zurück zu seinem Wagen, ließ den Sechszylinder an und fuhr langsam aus der engen Parklücke. Dann folgte er dem weißen Jeep. Schräg gegenüber vom Zoll fuhren sie die steile, kurvige Straße hinauf in Richtung des kleinen Industriegebietes von Praia.

Weit unter ihnen lag der Parkplatz des Zolls; hier standen die Fahrzeuge, die auf Frachtschiffen auf die kapverdischen Inseln gebracht, aber von ihren Eigentümern noch nicht abgeholt worden waren. Hier musste nicht nur jeder die Formalitäten erledigen, es musste auch viel Geld gezahlt werden: Je älter ein Fahrzeug, umso höher war die Einfuhrsteuer. Oft überschritten die Gebühren den Wert der Autos. Ein Versuch der Regierung, in ein paar Jahren nicht überall auf den Inseln alte Schrottfahrzeuge stehen zu haben. Das Prinzip zeigte Wirkung, war für die Wagenbesitzer aber eine teure Angelegenheit.

Der grüne Landrover folgte dem weißen Jeep auf der Straße, die zum neuen Flughafen von Praia führte, zum Stadtteil Achada Grande. Hier landeten inzwischen immer häufiger die großen Maschinen, die früher nur den einzigen internationalen Flughafen auf der im Norden liegenden Insel Sal anfliegen konnten. Nach einer Talsenke fuhren die beiden Männer mit rasantem Tempo rechts ab zur Firma *Café de Cabo Verde*. Weithin sichtbar war in großen, weißen Buchstaben der Schriftzug des Unternehmens zu sehen. Beide Fahrzeuge hielten auf dem Firmenhof.

Miguel und Palmer gingen durch die große Halle, in der der Kaffee abgepackt wurde, ins Treppenhaus und dann in den ersten Stock. Vorne standen Tische und Stühle, an der Wand Regale, dekoriert mit den verschiedenen Kaffeesorten, Tassen und einer großen Kaffeemaschine. Hinter einer langen Stellwand befanden sich Schreibtische für Miguel und seine Mitarbeiter.

»Hoffentlich funktioniert hier das Telefon«, sagte Palmer

und setzte sich auf den Besucherstuhl am Schreibtisch von Miguel. Er hob den Hörer, murmelte ein »Gott sei Dank« als das Freizeichen ertönte und wählte die Nummer von Dr. Harald Helm in Hamburg.

»Hier ist Palmer, hallo Gaby, ist der Doktor da?«, meldete er sich bei Gabriele Korinth, Helms Sekretärin.

»Oh Robert, na, wie war deine Reise? Alles gut verlaufen?« Und als die knapp dreißigjährige Sekretärin noch nach dem Wetter fragen wollte, unterbrach Palmer sie.

»Gaby, tut mir leid, aber es eilt. Ist Helm zu sprechen? Es ist wichtig, ich brauche ihn schnell!«

Palmer wusste, dass die Frau am anderen Ende der Leitung jetzt beleidigt war. Sie klönte gern mit Palmer und hatte schon oft den gemeinsamen Chef überreden wollen, Palmer auf den Kapverden zu besuchen. Palmer war froh, dass es dazu noch nicht gekommen war. Auch wenn er Gaby Korinth als nette Frau empfand, ging sie ihm häufig mit ihrem Geschwätz auf die Nerven.

Es knackte in der Leitung; ohne ein weiteres Wort stellte die Sekretärin die Verbindung zu Dr. Harald Helm her. »Ja, was gibt's?«, fragte er mit seiner tiefen Stimme.

Palmer stellte sich seinen Chef vor, wie er jetzt an seinem großen Schreibtisch saß und aus dem Fenster auf den Fleet guckte, der zur Elbe führte. Helm trug grundsätzlich die typische Hamburger Kaufmannskleidung: graue Hose, dunkelblaues Jackett, weißes Hemd und eine meist dunkelblaue Krawatte mit kleinen Mustern. Nie ging der Unternehmer selbst ans Telefon, jedes Gespräch lief zuerst bei seiner Sekretärin auf.

»Dr. Helm, ich bin's, Palmer. Es ist ...«, Palmer überlegte kurz, wie er es sagen sollte, dann sagte er es nüchtern und sachlich: »Dr. Palmer, Carla Lancer ist tot. Als ich heute früh ins Büro ging, habe ich sie an ihrem Schreibtisch gefunden. Ich weiß nicht, was passiert ist.«

Inzwischen hatte sich Miguel Santos gegenüber von Palmer an den Schreibtisch gesetzt. Er kritzelte mit einem Kugelschreiber der Kaffeefirma Kreise auf die Schreibtischunterlage.

Palmer hielt sich den Hörer dichter ans Ohr. Helm gab keine Reaktion von sich. »Dr. Helm, sind sie noch da?«, fragte er.

»Um Gottes willen, was ist denn bei Ihnen los?«

»Herr Helm, ich weiß es nicht.« Und dann erzählte er das Wenige, was er erzählen konnte. Er erklärte, dass jetzt die Polizisten im Büro an der *Quebra Canela* seien und den Fall untersuchen würden. »Der Bruder ist auch da, Sie wissen, der ist hier der Polizeipräsident. Den habe ich gleich heute früh angerufen. Ich bin jetzt in der Kaffeefirma, weil bei uns im Stadtteil schon wieder der Strom ausgefallen ist. Also auch kein Telefon, das funktioniert.«

»Palmer«, die sonore Stimme von Helm klang jetzt scharf und er nannte seinen Mitarbeiter nicht mehr beim Vornamen. »Palmer, haben Sie die Unterlagen von Carla an sich genommen?«

Palmer war irritiert: »Welche Unterlagen, was meinen Sie?«

»Akten, Unterlagen, Papiere«, schrie Helm jetzt ins Telefon. »Haben Sie die Sachen bei sich, oder wo ist das Zeug?«

Palmer verstand nicht, was sein Chef meinte: »Ich habe nichts weggenommen, und im Moment darf ich auch nicht ins Büro, bis die Untersuchungen abgeschlossen sind.« Er schluckte, sah zu Miguel, der kein einziges Wort deutsch verstand, zuckte mit den Schultern und fragte dann ins Telefon: »Welche Akten meinen Sie denn? Die Ordner stehen doch alle bei mir im Büro.«

Helms Stimme war jetzt wieder etwas ruhiger, aber klar

und deutlich, fast war es ein Befehlston: »Fahren Sie zurück ins Büro, gucken Sie, was die da machen. Und lassen Sie die Polizei nichts mitnehmen.« Nach einer kurzen Pause meinte er dann: »Die Polizei geht es nichts an, wie wir unsere Geschäfte machen.« Und er wurde wieder lauter: »Palmer, nichts kommt raus aus dem Büro. Kümmern Sie sich darum und rufen Sie mich wieder an, wenn diese Leute weg sind.« Helm knallte den Hörer auf.

So hatte Palmer seinen Chef nur selten erlebt. Er konnte die Fälle an einer Hand abzählen, in denen sich Helm in die Geschäfte seines Angestellten eingemischt hatte. Er ließ ihm freie Hand in allen Entscheidungen und war zufrieden, solange das Geschäft gut lief. Und in den letzten achtzehn Monaten waren in regelmäßigem Abstand Container mit jeweils mehreren Tonnen Rohkaffee nach Hamburg gegangen. Und auch für die nächsten Monate war abzusehen, dass es ein gutes Geschäftsjahr werden könnte. Helm konnte mit Leichtigkeit von dem Gewinn Palmers Gehalt und die Miete für das Haus an der *Quebra Canela* bezahlen. Und ein guter Rest ging auf das Hamburger Konto von Helms Im- und Exportfirma.

»Der ist völlig durchgedreht«, sagte der Deutsche jetzt auf Portugiesisch zu Miguel. »Der hat sich aufgeregt, dass ich nicht alle Unterlagen zur Seite geräumt habe, bevor ich die Polizei anrief. Aber ich hab keine Ahnung, welche Papiere er da meinte. Die Frau hat doch sowieso nie was für ihn getan, das war doch nur ihr privater Kram, der da lag.«

»Das wird sich schon klären, Robert«, beschwichtigte Miguel. »Wenn ich dir irgendwie weiterhelfen kann, dann sag mir Bescheid.« Und er fügte hinzu: »Ich muss noch ein paar Dinge erledigen. Wir können uns ja heute Abend treffen. Um sieben wieder im Hotel?«

Palmer stand auf. »Ja gern, lass uns was zusammen essen und einen Rotwein trinken. Ich fürchte, ich kann einen guten Schluck gebrauchen.« Er reichte Miguel die Hand. »*Até logo*, bis später, Miguel, und danke für deine Hilfe!«

Der winkte ab: »Ist doch klar. Ich freu mich auf heute Abend. Und bin gespannt, was Lancer sagen wird. Bis später, amigo!«

Palmer ging runter durch die Fabrikhalle zu seinem Wagen. Auf dem Beifahrersitz lag Carlas schmaler Aktenordner. Zu Hause wollte er den durchblättern und dann, wenn Lancer es erlaubte, auch die Papiere auf Carlas Schreibtisch sichten. Irgendwas musste ja dahinter stecken, dass Helm sich so aufgeregt hatte. Aber wonach sollte Palmer eigentlich suchen?

* * *

Vor seinem Haus in Prainha stand ein Leichenwagen. Gerade schlossen zwei Männer die hinteren Türen des schwarzen Kombis. Durch die grauen Seitenscheiben konnte Palmer den Zinksarg erkennen, als der Wagen langsam abfuhr. Er parkte den Landrover, nahm den Aktenorder unter den Arm, und Wachmann Henrique öffnete ihm das Gartentor. Die Tür zum Büro war geschlossen.

»Ist die Polizei weg?«, fragte er mit lauter Stimme den alten, schwerhörigen Mann.

Der nickte, schaute auf seine Armbanduhr und sagte: »Vor einer Viertelstunde sind sie abgefahren, Senhor Robert.«

Palmer ging ins Büro und legte den Aktenordner von Carla Lancer auf seinen Schreibtisch. Dann öffnete er die hölzerne Tür zum Nachbarbüro. Noch immer war hier dieser scheußliche, süße Geruch. So riecht ein toter Mensch, dachte Palmer und öffnete die Fenster in beiden Räumen, dann die Tür zum Vorgarten. Er wollte die Lüftung der Klimaanlage einschalten, aber es gab noch immer keinen Strom. Jetzt waren es schon fast fünf Stunden, dass die Elektrizität nicht funktionierte. In etwa vier Stunden, wenn die Sonne unterging, würde es ganz schnell dunkel sein. Palmer verfluchte zum x-ten Mal die Stromversorgung in diesem Land und setzte sich an seinen Schreibtisch.

Durch das dünne Mauerwerk konnte er oben in der Wohnung seine Haushälterin hören. Sie schob Möbel hin und her, wischte wahrscheinlich die Räume. Er griff sich den Aktenordner und klappte ihn auf. Lange Zahlenreihen standen auf der ersten Seite. Große Summen, offensichtlich handelte es sich um kapverdische Escudos, die fein säuberlich zusammengeschrieben unten ein Resultat von mehreren tausend Escudos ergaben. Palmer runzelte die Stirn, blätterte weiter: Listen mit wenigen Namen und Telefonnummern. Und weiter hinten wieder mehrere Seiten mit Geldsummen. Davor jeweils zwei Buchstaben, Großbuchstaben mit jeweils einem Punkt dahinter. Palmer verstand nicht, was er hier vor Augen hatte.

Das waren fein säuberliche Abrechnungen, dachte er. Aber die konnten mit dem Kaffeegeschäft nichts zu tun haben.

Palmer stand auf und ging in das Büro von Carla Lancer. Hier hatte vorhin einer der Polizisten in den Unterlagen geblättert. Hatte er etwas von den Papieren mitgenommen? Palmer nahm den Stapel Papiere links auf dem Schreibtisch und durchsuchte die Unterlagen. Private Briefe, Rechnungen von der kapverdischen Telekom und dem Elektrizitätsunternehmen. Sachen, die Carla für das Büro und auch für die Wohnung oben bearbeitete und abrechnete. Nichts Ungewöhnliches. Daneben die zwei Wochen alte portugiesische

Zeitung *Díario das Noticias* und eine Ausgabe des kapverdischen Wochenblattes *A Semana* vom September.

Palmer nahm von seinem Schreibtisch Carlas Aktenordner und ging raus in den Vorgarten, nachdem er das Büro abgeschlossen hatte.

Oben in der Wohnung wischte Rosa den Staub von den Möbeln. »Senhor Robert, was ist nur mit Donna Carla passiert?«, fragte sie, als Palmer ins Wohnzimmer kam.

»Ich weiß es nicht, Rosa, ich weiß überhaupt nicht, was hier passiert ist«, sagte Palmer und ging auf die Terrasse.

»Senhor, wollen sie nicht essen?«, fragte Rosa, die jetzt nicht mehr ihr freundliches Lächeln zeigen konnte. Der Tod von Palmers Mitarbeiterin hatte sie sichtlich tief getroffen, obwohl die beiden kaum Kontakt miteinander gehabt hatten.

»Danke Rosa, mir ist nicht nach Essen zumute. Es wäre schön, wenn Sie mir noch einen Kaffee machen können. Einen starken, heißen Kaffee.« Er lächelte Rosa an, als ob er sie damit wieder aufbauen könnte.

»*Sim*, Senhor, der Kaffee kommt gleich«, antwortete die Kapverdianerin und ging durchs Esszimmer in die Küche. Dann drehte sie um: »Aber nur kapverdischen Kaffee, Senhor Robert«, sagte sie und meinte damit, dass sie den Kaffee nur auf dem Gasherd zubereiten konnte, denn auch die Espressomaschine funktionierte wegen des Stromausfalls nicht.

Palmer saß auf der Terrasse, die jetzt im Schatten der Sonne lag. Und nach nur wenigen Minuten kam die Haushälterin und stellte ihm den schwarzen Kaffee auf den Tisch. Palmer hatte vor sich den Ordner und blickte wieder auf die Zahlenreihen, die Carla in deutlicher Schrift auf ein aus einem Block gerissenen Zettel aufgeschrieben hatte. Er blätterte auf den wenigen Seiten hin und her, studierte dann die Namen und Telefonnummern. Unterstrichen war immer wieder ein C, hinter dem jedes Mal dieselbe Rufnummer stand. Palmer kannte viele Menschen in Praia, aber kein Name und kein Kürzel kamen ihm bekannt vor. Für ihn war der Aktenordner ein Rätsel. Er konnte sich nicht erklären, was die Summen zu bedeuten hatten und wofür sie hier aufgereiht waren.

Palmer war ärgerlich, dass er wegen des Stromausfalls nichts tun konnte. Weder konnte er telefonieren, noch konnte er am Computer arbeiten. Er wollte die Bestellungen für den Rohkaffee für Deutschland fertig machen, wollte mit den Besitzern der kleinen Plantagen auf der Insel Fogo telefonieren. Aber nichts war im Moment möglich.

Dankbar nahm er daher am späten Nachmittag das Geräusch eines Wagens wahr, der draußen hielt, und dann hörte er jemanden seinen Namen rufen. Palmer stand auf und ging vorn an die Mauer der Terrasse.

»José«, rief er und freute sich, seinen angolanischen Freund und Nachbarn nach drei Wochen wiederzusehen. Er winkte ihm zu und rief: »Ich komme gleich zu dir, in fünf Minuten«.

»Okay, Robert, bis gleich«, rief José zurück.

Palmer sah, wie José seinen in der Grundstückseinfahrt eingeparkten Peugeot abschloss und in sein Haus ging.

José war in ganz Afrika zu Hause: Für die Welthungerhilfe der Vereinten Nationen organisierte der Angolaner seit einem halben Jahr die Schulspeisungen auf den kapverdischen Inseln. Mit Geldern aus New York kaufte er auf den Kapverden Reis, Bohnen, Mais und anderes Gemüse, ließ es auf den neun bewohnten Inseln in die Schulen transportieren, wo für die Kinder mittags ein Essen gekocht wurde. Für viele der Mädchen und Jungen war es das Einzige, was sie am Tag zu Essen bekamen, denn in unzähligen Häusern, insbesondere außerhalb der kleinen und größeren Städte, herrschte bittere Armut. José half den Familien, die häufig mit acht oder zehn

Personen in kleinen Hütten lebten. Das Geld reichte nie, um alle satt werden zu lassen. Und wie es bei Palmers Haushälterin Rosa der Fall war, so war es auch in vielen anderen Familien: Die Ehemänner und Väter waren verschwunden und hatten ihre Frauen und Kinder im Stich gelassen. Arbeit gab es für die Zurückgebliebenen so gut wie nie.

Palmer nahm im Stehen noch einen Schluck von Rosas Kaffee, griff sich den Aktenordner und ging ins Wohnzimmer. »Rosa, Sie können gehen, wenn Sie fertig sind. Solange wir keinen Strom und kein Wasser haben, geht sowieso nichts. Und heute ist genug passiert.«

Die Haushälterin blickte Palmer an. »Der Schlüssel hinten für die Kammer ist nicht da, ich brauche die Leiter, Senhor Robert. Sonst kann ich die Regale und Schränke oben nicht sauber machen.«

Palmer stutzte, überlegte ganz kurz, ob er ihr den Schlüssel aus der Hosentasche geben sollte und sagte dann aber: »Rosa, für heute reicht es, das kann warten. Räumen Sie die Sachen weg, dann kriegen Sie den nächsten Bus noch.« Palmer ging schon, als er sich noch einmal umdrehte: »Ich geh nach nebenan zu den Nachbarn, machen Sie bitte die Türen zu. Ich hab den Hausschlüssel bei mir und wir sehen uns dann morgen.«

»Ist gut, Senhor Robert.« Jetzt lächelte Rosa wieder leicht: »Danke, Senhor.«

Palmer sprang die Treppe hinunter und ging auf die Straße.

Abdulei, Josés senegalesischer Wachmann, öffnete ihm das hohe Gartentor zum Nachbarhaus. *»Boa tarde«*, begrüßte er Palmer und zeigte seine weißen Zähne im tiefschwarzen Gesicht.

Als Palmer klingelte, hörte er José rufen: »Die Tür ist auf. Robert, mein Freund, komm rein, ich bin gleich da, ich zieh mir nur ein neues Hemd an. Und nimm dir einen Whiskey. Wir müssen auf deine Rückkehr anstoßen.«

Palmer setzte sich auf das weiße Ledersofa. Die große Eingangshalle des Hauses nutzten seine Nachbarn als Wohnzimmer. Auf den hellen Fliesen lagen schwere Teppiche, in den hellbraunen Schränken standen edle Gläser. Josés Frau Isabel war Malerin: Ihre Bilder mit verschiedensten afrikanischen Motiven schmückten die Wände.

Der angolanische Mitarbeiter der Vereinten Nationen war ein Jahr nach Palmer auf die Kapverden gekommen. Damals, an ihrem ersten Tag im Stadtteil Prainha, hatte es wieder einen Stromausfall gegeben, und Palmer hatte den neuen Nachbarn mit Tipps und Ratschlägen helfen können. So war schnell eine enge Freundschaft zwischen den Männern entstanden. José hatte sich nach wenigen Tagen zum Kauf eines Stromgenerators entschlossen und aus dem Hinterhof konnte Palmer jetzt den laut brummenden Dieselmotor hören.

José kam in den Wohnraum: »Robert, mein Freund. Wie schön, dass du wieder da bist! Wie geht es dir?«

»*Mais ou menos*, mehr oder weniger, José! Es gibt gute, aber auch verdammt schlechte Nachrichten.« Und dann erzählte Palmer. Zufrieden sprach er zunächst über die erfolgreichen Geschäfte und ging dann auf die Geschichte ein, die jetzt vermutlich schon jeder im Stadtteil Prainha kannte.

»Nein, nein, Robert, das kann doch nicht wahr sein«, sagte der dunkelhäutige, große Angolaner. Sein sonst immer fröhlich wirkendes Gesicht war ernst geworden. »Das ist ja entsetzlich, das muss furchtbar für dich sein, sie da in eurem Büro zu finden.« Wie zum Trost nahm José seinen Nachbarn in den Arm und klopfte ihm auf den Rücken. »Du hast dir noch gar nichts zu trinken genommen«, sagte er dann, ging an den Schrank und füllte zwei Gläser halbvoll mit Whiskey:

»Den kannst du jetzt bestimmt gebrauchen.« Er prostete ihm zu. »Isabel ist vor zwei Tagen nach Lissabon geflogen, sie wollte ein bisschen shoppen gehen – du kennst sie ja.« Er stellte das Glas ab.

Die beiden Männer sprachen jetzt über Carla, stellten Vermutungen über ihren völlig überraschenden Tod an, redeten über die Ermittlungen von Polizeichef Lancer und seinen Mitarbeitern und José fragte dann: »Haben Lancer und seine Leute denn etwas herausgefunden? Wissen sie, was passiert ist, wie die Frau gestorben ist?«

Palmer schüttelte den Kopf: »Lancer wollte sich bei mir noch melden, er hat aber noch nicht angerufen. Ich hab keine Ahnung, was er denkt. Im Büro habe ich nichts Ungewöhnliches entdeckt. Sie lag da auf ihrem Schreibtisch, als ob sie zusammengebrochen wäre. Und die Tür unten zu unseren Büros war abgeschlossen.«

José war für Robert Palmer mehr als nur ein enger Freund. Manches Mal nannten beide sich spaßeshalber »Bruder«, und Palmer war sich sicher: Diese Freundschaft würde lange halten. So schossen ihm Gedanken durch den Kopf, ob er dem Angolaner auch von dem Geld erzählen sollte. Er wusste, er konnte José vertrauen.

Gern ließ Palmer sich von seinem Freund noch einen Whiskey einschenken. Sie sprachen noch lange über den noch ungeklärten Tod der Kapverdianerin, bis Palmer sich einen Ruck gab. »José, ich muss dir noch etwas sagen.« Er rutschte auf dem Ledersofa nach vorn, um dichter an seinem Freund zu sein, der ihm gegenüber auf einem bequemen Sessel saß. Palmer sprach leise, obwohl niemand die beiden Männer in dem Haus an der *Quebra Canela* hören konnte. Und er erzählte, wie er seinen Koffer am Flughafen von Praia halb geöffnet in der Ankunftshalle entgegengenommen hatte. Und wie er dann drüben in seiner Wohnung das braune Päckchen vorfand. Mit 200.000 Euro in neuen Scheinen.

José hörte gespannt zu und sah mit unbewegter Mine und leicht geöffnetem Mund auf Palmer: »Und was hast du gemacht? Was hast du mit dem Geld gemacht? Hast du Lancer davon erzählt?«

»Nein«, Palmer schüttelte den Kopf, »ich hab' das Geld noch. Du bist der Erste, dem ich davon erzähle. Ich hab's drüben im Haus.« Palmer lehnte sich wieder zurück und verschränkte die Arme hinter seinem Kopf. »Ich weiß nicht, was ich machen soll, José. Denkst du, ich sollte das Lancer sagen?«

Sein angolanischer Freund hob die linke Hand und winkte mit dem Zeigefinger hin und her. »Robert, das kann doch nur schwarzes Geld sein. Wie oft haben wir über die Drogengeschäfte hier im Land schon gesprochen? Das muss, das kann nur etwas damit zu tun haben.«

José räusperte sich und nahm sich seinen Whiskey. »Erlaube mir, dich das zu fragen, Robert: Hast du irgendetwas hier in Cabo Verde mit Drogen zu tun gehabt?« Und bevor er eine Antwort bekommen konnte, sagte er: »Ich kann mir das nicht vorstellen, aber als dein Freund«, er lächelte, »als dein Bruder darf ich dich das fragen.«

Palmer stieß einen kurzen, lachenden Laut aus: »Ich? Drogen? José, ich bitte dich. Nie im Leben würde ich ...« Er beendete den Satz nicht.

José versuchte, seinen Freund mit Handzeichen zu beschwichtigen. »Ich wollte das nur einmal angesprochen haben, Robert. Ich hätte mir das von dir auch nicht vorstellen können. Aber wenn ich mir diese Geschichte genau überlege, dann kann das nur Drogengeld sein. Aber warum hat ausgerechnet dir jemand diese Wahnsinnssumme in den Koffer gesteckt?« Und dann sagte er mit einem Schmunzeln: »Vielleicht bist du jetzt ein reicher Mann, Robert!« Aber er wurde schnell wieder ernst und sachlich: »Hast du den Leuten im Flughafen denn gesagt, dass dein Koffer aufgebrochen wurde?«

»José, wem hätte ich da etwas erzählen sollen? Das interessiert doch niemanden«, erwiderte Palmer und spekulierte gemeinsam mit seinem Freund darüber, wo der Koffer hätte geöffnet werden können.

»Eigentlich doch nur in Sal«, meinte José, der fast jede Woche mit der kapverdischen Fluggesellschaft TACV von Praia auf eine der anderen Inseln flog, um seine Hilfslieferungen an die Schulen zu kontrollieren. »Da stehen die Koffer auf dem Rollfeld, keiner kümmert sich darum, und erst kurz vor dem Abflug der kleinen Maschinen werden die Sachen eingeladen. Also war dort die Chance für jeden, an deinen Koffer ranzugehen. Jetzt stellt sich nur die Frage, warum derjenige dich als Geldkurier ausgesucht hat.« Er machte eine kurze Pause und guckte Palmer über seine Brille in die Augen: »Noch hat niemand zu dir Kontakt aufgenommen? Niemand hat sich bei dir gemeldet? Denn eins ist ja wohl sicher, Robert: Das Geld war bestimmt nicht für dich vorgesehen!«

Beide Männer schwiegen, José schaute auf den Boden, kratzte sich am Hinterkopf und sah dann zu Palmer. »Robert, irgendwann wird jemand das Geld haben wollen. Du kannst es gegenüber Lancer nicht verschweigen. Sag's ihm.« Wie zur Verstärkung seiner Worte nickte er und sagte mit lauter Stimme: »Ja, du musst darüber mit ihm sprechen!«

José war aufgestanden und schaltete das Licht einer Stehlampe ein. Draußen brach jetzt die Dämmerung an und in einer halben Stunde würde es stockdunkel sein. Er blieb stehen und schaute auf seinen deutschen Freund. »Robert, was weißt du eigentlich über Carla? Könnte sie etwas mit Drogen zu tun haben? Du hast oft in Rätseln über sie gesprochen und, um ehrlich zu sein, Robert: Zutrauen würde ich ihr einiges.«

Palmer hatte gespannt auf das gehört, was José gesagt und gefragt hatte und er nickte nun mehrfach mit dem Kopf: »Ja, du hast recht. Das könnte sein. Und wahrscheinlich wissen Hunderte hier in Praia, dass ich mit ihr zusammen arbeite. Und vielleicht sollte ich wirklich nur der Kurier sein. Aber warum dann auf diesem Weg? Das Paket hätte mir auf Sal doch jemand auch so in die Hand drücken können oder er hätte zumindest ihren Namen auf das Paket schreiben können.«

José füllte erneut beide Gläser und die Männer spekulierten weiter. Immer wieder gingen sie alle Möglichkeiten durch, auf welchem Weg Palmer in den Besitz des Geldes hatte kommen können.

Palmer stand auf und fragte José: »Und könntest du dir auch vorstellen, dass ihr Tod etwas damit zu tun haben könnte?«

Sein Freund zuckte mit den Schultern: »Was du letzte Nacht und heute erlebt hast, Robert, ich kann mir jetzt alles vorstellen.«

In diesem Moment klingelte Palmers Handy. Er sah auf das Display und erkannte, dass Miguel Santos anrief. »Miguel, ich bin noch unterwegs. Wann treffen wir uns?«, fragte Palmer.

Kurz sprachen die beiden miteinander, bis Palmer sagte: »Gut, bis später.« Dann drehte er sich zu José: »Wir hatten uns am Nachmittag schon zum Essen verabredet. Wenn du allein bist, kannst du doch mitkommen und wir gehen rüber ins Restaurant oder ins Hotel. Miguel Santos kommt um halb acht.«

José nickte erfreut. »Gern. Ich begleite euch gern.«

Beide tranken ihre Gläser leer und verabschiedeten sich mit einem freundlichen Schulterklopfen.

* * *

Im Dunkeln tastete Palmer sich durchs Wohnzimmer seines Hauses und zündete zwei Kerzen an. Er blickte auf seine Armbanduhr: In knapp einer Stunde würden Miguel und José kommen. Palmer hoffte, dass er wenigstens später am Abend wieder Licht haben würde.

Er liebte die Abende auf den kapverdischen Inseln. Die größte Hitze war von der Nacht geschluckt, aber dennoch war es angenehm warm. Palmer hatte es erlebt, dass um Mitternacht das Thermometer noch immer 30 Grad anzeigte, aber jetzt im späten Oktober mit der langsam endenden Regenzeit war es nicht mehr ganz so warm. Und wenn es überhaupt noch regnete, dann waren es nur kurze Schauer. Aber die zwei bis drei Monate dauernde Regenzeit reichte, um die Inseln mitten im Atlantik wieder mit einem Hauch von Grün zu überziehen. Palmer machte in dieser Zeit gern Ausflüge ins Inselinnere oder in den Norden. Er genoss es, mit seinem Landrover die oft heiße und stickige Stadt zu verlassen. Für ihn war es wie ein Aufatmen: raus aus der dichten Stadt mit ihren über 100.000 Einwohnern. Wenn er über die asphaltierten Straßen in Richtung der zweitgrößten Stadt Assomada ins Innere der Insel Santiago fuhr, war aus dem tristen Braun und Grau zu dieser Jahreszeit ein zartes Grün geworden. Es verdeckte den vielen Müll, der überall im Land verstreut war und den der Wind über Straßen und Felder fegte. Magere Ziegen und Kühe, deren Knochen man sehen konnte, fraßen das herumfliegende Papier, um sie herum lagen unzählige Plastiktüten. Auf seinen Ausflügen begegnete Palmer Eselskarren, die von ihren Bauern hochbeladen waren und schwankend auf den Straßen entlangfuhren.

Höllisch passte Palmer auf, wenn er von Weitem eins der unzähligen Taxis sah. Die eigentlich acht oder neun Personen fassenden Kleinbusse, die *Aluguers*, waren mitunter mit der doppelten Anzahl an Fahrgästen besetzt, auf den Dachgepäckträgern transportierten sie anscheinend das gesamte Hab und Gut der Mitfahrenden. Sie fuhren mit einer weit überhöhten Geschwindigkeit quer über die Insel, und nicht selten stürzten die völlig überladenen Kleinbusse dann in den Kurven von der Straße. Für die jungen Fahrer war Zeit bares Geld: Manchmal durchquerten sie die Insel vom Süden in den Norden drei- oder viermal am Tag.

Palmer lief mit einer Taschenlampe durch sein Haus, machte sich kurz im Badezimmer frisch und zog sich ein neues Hemd an. Auch heute Abend würde er keine Jacke benötigen.

Pünktlich um halb acht standen sein Nachbar José und auch sein Geschäftsfreund Miguel draußen auf der Straße. Palmers Wachmann Henrique hatte seinen Stuhl bereits in den Vorgarten zurückgeholt und seine Brotdose in eine Plastiktasche gepackt. In einer halben Stunde würde der junge Nenezinho kommen, um ihn abzulösen.

Die drei Männer besprachen sich kurz, wo sie an diesem Abend essen wollten, und entschieden sich schnell für das gegenüberliegende *A Falesia*. Auch wenn das Restaurant heute keinen Strom und auch keinen Generator hatte, gab es hier äußerst schmackhaftes Essen, zubereitet auf Gasherden in einer blitzsauberen Küche. Der Kellner Emanuel, ein junger Kapverdianer in schwarzer Hose und weißem Hemd, begrüßte die drei mit Handschlag.

A Falesia hatte die vielleicht spektakulärste Terrasse auf der ganzen Insel: direkt hinter dem hölzernen Gelände fiel die Böschung steil ab und unten, in einer Tiefe von fast zwanzig Metern, rollten die Atlantikwellen gegen die Insel. Der Blick war auch bei Dunkelheit und dem jetzt langsam aufsteigenden Mond atemberaubend.

»Ich habe meine Zigaretten drüben im Auto vergessen«, sagte Miguel. »Ich hol sie schnell. Bestellt doch einen Wein für uns, ich bin gleich wieder da.«

Der Kellner wartete, bis die beiden Männer sich gesetzt und einen roten *Borba* bestellt hatten, und ging dann zurück ins Restaurant.

Ein junges kapverdisches Paar waren die einzigen Gäste, aber es war auch noch früh für ein Abendessen: Hier setzte man sich erst ein oder zwei Stunden später zur zweiten Hauptmahlzeit des Tages an den Tisch.

»José«, Palmer flüsterte fast, als er gegenüber seinem Freund saß, »kein Wort bitte zu Miguel über das Geld. Ich habe ihm nichts davon erzählt. Nur du weißt es, du bist der Einzige.«

Der Angolaner reichte Palmer seine Hand über den Tisch. »Das hättest du mir nicht sagen müssen, das versteht sich doch von selbst.« Und Josés Stimme wurde auch leiser: »Ich hoffe sehr, dass du durch diese Geschichte keine Probleme bekommst.«

In diesem Moment kam Emanuel mit drei Gläsern und der Rotweinflasche zum Tisch, unter dem Arm hielt er drei Speisekarten. Die beiden Männer sahen ihm zu, wie er mit geschickten, schnellen Griffen die Flasche öffnete und José einen kleinen Schluck vom rot schimmernden *Borba* in sein Glas schenkte.

»Der ist gut, den nehmen wir«, entschied José.

Emanuel füllte alle drei Gläser und ging.

»Entschuldigung«, rief Miguel Santos, als er zurückkam. Er warf eine Zigarettenschachtel auf den Tisch, zog seine Jacke aus und hängte sie über die Stuhllehne. »Was trinken wir denn?«, fragte er und studierte das Etikett der portugiesischen Weinflasche. Er grinste Palmer an: »Na, hast du keine Lust auf den kapverdischen gehabt?«

Palmer lächelte zurück. »Nein, bitte nicht. Der hier«, und er zeigte auf die Flasche, »der ist dann doch der bessere.«

Die drei Männer blätterten in der Speisekarte, und wenig später kam der schmächtige Emanuel mit kleinem Block und Schreiber an den Tisch.

»Für mich bitte Thunfisch mit Tomatensauce«, sagte Palmer. Für ihn war Thunfisch eins der besten Essen hier auf den Kapverden. Er wusste, dass dieser Fisch eigentlich immer frisch war und vom Restaurant vermutlich am Vormittag oben in der Altstadt auf dem Plateau oder direkt im Hafen gekauft worden war. Palmer zögerte hingegen oft, das Fleisch zu essen. Denn wenn er zum Einkaufen ins Zentrum von Praia fuhr, sah er dort im Supermarkt *Calú* – das Fleisch in den Kühltruhen. Häufig war es nicht verpackt, Hühnerteile lagen halb gefroren, halb aufgetaut in den Kühltruhen und jeder griff mit seinen Händen in die Auslagen.

Auch José und Miguel entschieden sich für Fisch. Beide wählten *Bacalhau*, gekochten Fisch, der im *A Falesia* nach portugiesischer Tradition mit grünen Bohnen, Kartoffeln und einem gekochten Ei serviert wurde.

Emanuel stellte Salz, Pfeffer, Öl und Essig auf den Tisch, Zutaten, die für den Kochfisch nicht fehlen durften.

Schnell war unter den Männern das Hauptgesprächsthema der Tod von Carla Lancer. Sie sprachen immer wieder über die Frau, die Palmer vor erst gut zehn Stunden tot am Schreibtisch aufgefunden hatte. Alle drei gingen davon aus, dass die blonde Kapverdianerin mit großer Wahrscheinlichkeit eines natürlichen Todes gestorben war. Im Beisein von Miguel wollte Palmer nicht über die Spekulationen sprechen, die er und sein Freund José zuvor aufgestellt hatten: Dass Carla Lancer vielleicht aufgrund möglicher Drogengeschäfte umgebracht worden war.

Geschickt balancierend kam Emanuel mit drei Tellern an den Tisch und stellte *Bacalhau* und Thunfisch vor seine Gäste. Palmer bestellte eine neue Flasche *Borba* und die drei genossen das Essen.

Palmer erzählte an diesem Abend von seinen erfolgreichen Geschäftsabschlüssen in Deutschland, von dem trüben Oktoberwetter in Hamburg und gemeinsam stritten sie über die politische Situation in dem westafrikanischen Inselstaat. Palmer lobte die Versuche der Regierung, eine funktionierende Demokratie aufzubauen, während José als Kenner Afrikas Zweifel äußerte, ob das Land es je zu etwas bringen würde.

Aber Palmer war den ganzen Abend nicht recht bei der Sache. Ständig schweiften seine Gedanken ab. Zu der toten auf dem Schreibtisch. Zu dem Geldpaket in seinem Haus. Zu der ungewöhnlichen Wut seines Chefs in Hamburg und den merkwürdigen Listen, die er in seinem Auto gefunden hatte. Und Palmer bemerkte, wie er ganz unwillkürlich neu ankommende Gäste beäugte. Schauten Sie her zu ihm? Musterten sie ihn? Wenn José recht mit seiner Vermutung hatte, musste es doch jemanden geben, irgendwo hier auf der Insel, der von dem Geld wusste, jemanden, dem das Geld gehörte und der es sich wiederholen würde.

Ein ungutes Gefühl bemächtigte sich seiner: das Gefühl beobachtet zu werden.

Zwei Männer waren auf die Terrasse des Restaurants gekommen. Aus den Augenwinkeln blickte Palmer zu ihnen hinüber. Sie mussten Kapverdianer sein, mutmaßte er, denn er hörte kreolische Worte, die inoffizielle Sprache des Inselstaates. Sie trugen beide dunkle Anzüge, an der rechten Hand des Größeren glitzerten zwei goldene Ringe. Der andere mit kurz geschorenen Haaren trug trotz der Dunkelheit eine Sonnenbrille.

Palmer merkte, dass sein Herz schneller schlug. Er wusste nicht, ob es eine Einbildung war, aber er hatte das beängstigende Gefühl, dass die Unbekannten auch ihn beobachteten und leise über ihn sprachen. Palmer klammerte seine Füße um die Stuhlbeine und hielt fast verkrampft Messer und Gabel in den Händen.

Das Geld, schoss es ihm durch den Kopf. Wussten die beiden, dass er in der Kammer seines Hauses eine riesige Summe versteckt hielt, die ihm nicht gehörte?

Robert nahm einen großen Schluck von dem Rotwein und versuchte, die Gedanken zu verdrängen.

3. Kapitel

Längst war die Dunkelheit über den westafrikanischen Inselstaat hereingebrochen. In die kapverdische Hauptstadt Praia war Ruhe eingezogen. Nur der leichte Wellengang und die Brandung des Atlantik waren zu hören. Die schwache Straßenbeleuchtung und die wenigen Lichter an den Häusern zauberten bizarre, fast gespenstische Silhouetten. In den wohlhabenderen Gegenden waren die Wachleute die einzigen, die zu dieser nächtlichen Stunde noch die Augen offen hielten.

Einer von ihnen saß vor der hoch umzäunten Villa seines *patrao,* wie die Hausbesitzer von ihren Angestellten genannt wurden. Dem Mann fielen immer wieder die Augen zu, und er rutschte auf dem weißen Plastikstuhl immer weiter herunter. Seine blaue, leicht verblichene Schirmmütze war neben ihn auf die staubige Straße gefallen.

Ein plötzliches Knacken im Vorgarten riss ihn aus seinen Träumen. Er sprang hoch, der leichte Stuhl kippte nach hinten. Der Mann blickte nach rechts, dann nach links und öffnete im Zeitlupentempo das Gartentor, bewegte sich mit langsamen Schritten in den Vorgarten und verharrte immer wieder, um sich in der schwarzen Nacht umzuschauen.

»*Quem é?*«, flüsterte er, »Wer ist da?«

Er war jetzt hellwach. Er ballte die Fäuste, um sofort den möglichen Eindringling unschädlich zu machen. Mit weit geöffneten Augen bewegte er sich durch den Vorgarten und ging dann mit langsamen Bewegungen an das Haus. Immer wieder blickte er zurück, konnte aber niemanden erkennen.

Jetzt rief er etwas lauter: »*Olá, quem é?*« Er tastete sich an das Haus, kontrollierte mit sanftem Rütteln die von ihm am Abend verschlossenen Fensterläden. Er berührte den Griff der Eingangstür, bewegte ihn langsam nach unten, aber die Tür war nicht zu öffnen. Der *patrao* selbst hatte sie zu später Stunde verriegelt. Der Mann war erleichtert und atmete tief die Luft der lauwarmen Nacht ein. Mit leisen Schritten ging er um das Haus, warf prüfende Blicke in das Dunkel, konnte aber niemanden entdecken.

Minuten später setzte er sich wieder auf den Gartenstuhl, nachdem er die eiserne Pforte zum Vorgarten geschlossen hatte. Er hob seine Mütze vom Boden auf und saß jetzt aufrecht vor der Villa.

Eine halbe Stunde später war er wieder eingenickt. Sein Kopf war nach vorn geneigt, er atmete ruhig und gleichmäßig. Er merkte nicht, wie sich jetzt zwei Männer an ihn heranschlichen. Einer von ihnen schob langsam die Gartenpforte auf, der andere holte mit einer Dachlatte aus und schlug sie dem Schlafenden auf den Hinterkopf. Der Getroffene stürzte kopfüber auf den Sandboden, gab einen röchelnden Laut von sich und blieb bewegungslos liegen. Der Schläger durchwühlte die Hosentaschen, noch mal und noch mal, blickte dann zu dem im Vorgarten, schüttelte den Kopf und stieß ein leises »*Nao, nada!*« aus. »Nein, nichts!«

Beide Männer fluchten Schimpfworte, traten dem am Boden liegenden Mann in die Rippen und liefen raus auf die *Quebra Canela*.

* * *

Mit einem lauten Brummton wurde Palmer am nächsten Morgen pünktlich um sieben Uhr von seinem Handy geweckt. Durch den weißen Vorhang konnte er aus seinen halbgeöffneten Augen sehen, dass es wieder ein heißer, wolkenloser Tag werden würde.

Der Wecker auf dem Nachttisch blinkte – es gab wieder Strom. Palmer streckte sich und sprang aus dem Bett. Er schob die Vorhänge auf und sah Nenezinho. Der junge Mann winkte ihm zu.

Rosa kam um acht, sprach kaum über den vergangenen Tag, machte ihm Frühstück mit starkem Kaffee aus der Espressomaschine, und wenig später ging Palmer nach unten in sein Büro. Er schaltete den Computer ein und las seine Mails der vergangenen drei Wochen: Geschäftspost, ein paar Nachrichten von Freunden aus Deutschland, einige Mails, die Palmer ungelesen löschte, weil sie nur Werbung enthielten.

Die letzte Mail stammte von Dr. Harald Helm aus Hamburg. Heute früh hatte er sie kurz vor acht Uhr deutscher Zeit abgeschickt, also erst vor gut zwei Stunden. Mit einem Mausklick öffnete Palmer die Mail und las:

Robert, es ist entsetzlich, was bei Ihnen passiert ist. Mich hat es persönlich sehr getroffen, als sie mir gestern sagten, dass Carla Lancer tot sei. Ich habe sie sehr geschätzt, weil sie nach meinem Gefühl für uns noch viele geschäftliche Verbindungen mit für uns guten Gewinnen hätte herstellen können. Carla hat für mich auf den Kapverden auch in anderen Geschäften gearbeitet, über die ich sie nicht informiert habe. Rufen sie mich bitte an. Ich möchte gern mit ihnen persönlich darüber sprechen.

Und die Mail endete mit *freundlichen Grüßen* und einem Nachsatz: *Es wäre sinnvoll, wenn sie nach Hamburg kämen.*

Robert Palmer las die Mail noch mal und griff dann zum Telefon. Er wählte die Nummer von Helm. Seine Sekretärin Gaby Korinth meldete sich und hielt sich heute mit privaten Gesprächen zurück. Sie war von Helm offenbar über den gestrigen Tag in Praia informiert worden.

Seine tiefe Stimme schnarrte: »Robert, gut, dass sie endlich anrufen. Wir müssen dringend sprechen!« Helm machte eine kurze Pause und fragte dann Palmer: »Können Sie kommen? Ich muss mit Ihnen sprechen, hier in Hamburg.«

Palmer fühlte sich völlig überrannt. »Dr. Helm, ich war doch gerade erst bei Ihnen, warum denn jetzt schon wieder nach Hamburg? Können wir die Fragen nicht am Telefon regeln?«

Palmer merkte schnell, dass sein Chef alles daran setzte, ihn persönlich zu sehen. Seine Stimme machte das deutlich, als Dr. Harald Helm mit sonorer Stimme sagte: »Palmer, suchen Sie sich einen Flug und kommen Sie nach Hamburg.«

Als Palmer erneut versuchte, seinen deutschen Chef umzustimmen, konterte der nur: »Ich denke, ich habe Ihnen gesagt, was ich will. Also bitte, kommen Sie. Und zwar so bald wie möglich. Ich bin nur noch einige Tage in Hamburg.« Dr. Harald Helm hatte den Hörer aufgelegt, für ihn war das Gespräch beendet.

Palmer lehnte sich zurück und fluchte vor sich hin. Wieder zurück nach Deutschland, wieder stundenlang im Flugzeug sitzen und vermutlich all das für ein Gespräch, dass er genauso am Telefon mit Helm hätte führen können.

Er suchte im Telefonbuch die Telefonnummer der TACV und fragte nach der nächsten Verbindung nach München oder Frankfurt. Von dort würde er leicht einen Flug nach Hamburg bekommen.

»Um zwanzig nach drei geht die Condor nach Deutschland«, sagte die Mitarbeiterin im Büro von Praia und fragte: »Darf ich für Sie buchen?«

Palmer blickte auf die Uhr, knurrte nur ein kurzes »Ja« ins Telefon, gab seine Personalien an und bestätigte, dass er das Ticket gegen Bargeld am Flughafenschalter der TACV eine Stunde vor Abflug abholen würde. Es war jetzt kurz nach zehn. Palmer schaltete den Computer aus, verschloss die Bürotür und ging zurück in seine Wohnung.

Palmer rief nach seiner Hausangestellten.

Sie kam aus der Küche. »Ja, Senhor Robert?«, fragte sie.

Palmer erzählte ihr, er müsse in wenigen Stunden wieder zurück nach Deutschland fliegen, um ein paar wichtige Dinge zu klären.

Rosa guckte ihn erstaunt an und fragte dann: »Und wann kommen Sie wieder? Bleiben Sie länger?«

Palmer zuckte nur mit den Schultern. »Ich bin am Donnerstag oder Freitag vermutlich wieder hier.«

Dann ging er in sein Schlafzimmer. Er packte in einen kleinen Koffer Hemden, Hosen und Wäsche. Aus dem Bad holte er die notwendigen Dinge für eine kurze Reise und steckte alles in den kleinen, schwarzen Koffer. Mit ihm ging Palmer an sein Stehpult und rief erst seinen Freund José und dann seinen Kollegen Miguel an und informierte beide über seine Reise.

Als Palmer mit José sprach, erinnerte dieser ihn an die mahnenden Worte von Polizeichef Lancer: »Der hat dir doch gesagt, du sollst ihm zur Verfügung stehen und du sollst Praia nicht verlassen. Ruf ihn besser noch an und sag ihm, dass du für zwei oder drei Tage noch mal nach Deutschland fliegen musst.«

Palmer war seinem Freund dankbar dafür, dass er ihn an die Sache erinnert hatte. Er rief also im Polizeipräsidium an, ließ sich mit Lancer verbinden und setzte diesen über seine anstehende Kurzreise in Kenntnis.

Der Mann reagierte kurz und knapp: »Melden Sie sich, wenn Sie wieder hier sind.«

Kurz vor zwei rief Palmer ein Taxi und ließ sich zum Flughafen von Praia bringen. In der Abflughalle holte Palmer sich sein Flugticket, trank einen doppelten Espresso und stieg um zehn vor drei in die Condor-Touristenmaschine. Nach knapp einer halben Stunde startete der Flieger mit Ziel Frankfurt.

Auf dem Frankfurter Flughafen besorgte sich Palmer Stunden später sein Ticket für den Flug nach Hamburg und traf nach stundenlangem Warten völlig übermüdet mit der ersten Maschine am nächsten Morgen in Fuhlsbüttel ein.

* * *

Starker Wind blies, als Palmer aus der automatischen Drehtür in Hamburg vom Flughafen auf die Straße ging. Er stellte sich in die Schlange der Passagiere, die mit dem Taxi abfahren wollten. »Zur Straße Cremon, bitte«, sagte er dem Fahrer. Er schloss die Augen und atmete tief durch.

Wieder in Hamburg, dachte Palmer, schon wieder.

Das Taxi fuhr durch die Alsterkrugchaussee und Eppendorf, dann durch die Innenstadt in Richtung Hafen. Im Cremon hielt der Wagen, Palmer zahlte und stieg mit seinem kleinen Koffer aus.

Im- und Export H. Helm stand an der Klingel. Palmer drückte und Sekunden später schnarrte die Tür. Er trat ein und ging in dem ihm bekannten Treppenhaus zwei Etagen nach oben. Helms Sekretärin öffnete die Tür und rief laut Palmers Namen: »Robert, so schnell sehen wir uns wieder.«

Palmer bemühte sich um ein freundliches Lächeln und erzählte ihr, dass ihr gemeinsamer Chef ihn dringend sprechen wollte. »Ich weiß auch nicht, warum ich schon wieder hier bin, Gaby. Da unten haben wir erheblich besseres Wetter, und ich hab unendlich viel zu tun. Aber er wollte mich unbedingt und dringend persönlich sprechen.«

»Ich mach dir einen Kaffee«, rief die Sekretärin laut, schloss hinter Palmer die Tür zur Büroetage von Helm und sagte dann: »Der Chef ist aber noch nicht da.«

Palmer ließ sich im großen Empfangsraum in einen der

schweren Ledersessel fallen. »Was will der nur von mir«, fragte er sich und streckte die Beine weit von sich.

Gaby Korinth kam mit einem großen Becher Kaffee zurück und stellte ihn neben Zeitschriften auf den Tisch vor Palmer. »Gibt es Probleme mit dem Doktor? Du warst doch gerade erst hier!«

»Ich hab keine Ahnung, was er will, aber er hat mir gestern eine Mail geschickt. Ich sollte sofort kommen und da bin ich«, war Palmers Antwort. Er nahm sich den Becher und nippte an dem heißen Getränk.

Die Sekretärin war zurück in ihr Büro gegangen und rief nur kurz: »Dr. Helm wird schon gleich kommen, Robert.« Dann vertiefte sie sich wieder in ihre Unterlagen.

Palmer war auf dem bequemen, braunen Ledersessel eingeschlafen, als ihn die Stimme von Dr. Harald Helm weckte. »Robert«, hörte er, und dann: »Gut, dass Sie da sind. Wir müssen sprechen, kommen Sie rein!« Helm, wie gewohnt in grauer Hose, blauem Blazer und weißem Hemd mit dunkelblauer Krawatte, öffnete die Tür zu seinem Büro. »Kommen Sie rein, wir haben nur wenig Zeit«, sagte er und setzte sich hinter seinen Kirschholz-Schreibtisch.

Penible Ordnung herrschte hier: Papiere, Schreiber und Laptop lagen geordnet auf dem hell-braunen, blank polierten Tisch.

Der grauhaarige Helm zeigte auf den schwarzen Besuchersessel: »Robert, setzen Sie sich!« Er stand wieder auf, ging um den Schreibtisch herum, stellte sich hinter Palmer und legte seine Hände auf dessen Schultern. »Robert, wir müssen über unsere kapverdischen Geschäfte sprechen. Ich habe ihnen schon neulich gesagt, dass ich mit Ihrer Arbeit unten in Afrika sehr zufrieden bin. Aber Robert«, und Helm nahm seine Hände von Palmers Schultern und ging zurück um den

Schreibtisch und setzte sich auf seinen großen Sessel und setzte fort: »Mir hat das nicht gereicht, wir können und wir haben mehr aus Afrika und unserem Geschäft gemacht. Carla Lancer hat mir dabei geholfen.«

Palmer öffnete den Mund, wollte etwas sagen, konnte es aber nicht. Was Helm da sagen wollte, hatte Palmer sich nach seinem Gespräch mit seinem Freund José vorgestellt aber ganz schnell wieder verworfen. Waren Dr. Harald Helm und Carla Lancer in Drogengeschäfte verwickelt? Palmer fühlte eine Leere in sich aufkommen. Er konnte es nicht glauben und wollte am liebsten nichts mehr hören.

Der hanseatische Geschäftsmann aber setzte seinen Monolog fort: »Das Kaffeegeschäft läuft gut und wird weiter gut laufen. Wir haben in den letzten achtzehn Monaten mehr als 200 Tonnen Rohkaffee importiert, und Sie kennen die Preise. Die Discounter machen es uns nicht leicht, aber wir haben dafür eine ausgezeichnete Qualität, für die auch besser bezahlt wird. Dennoch ist es nicht leicht, den Kaffee hier in Hamburg und in Bremen an die Röstereien zu verkaufen.«

Er guckte Palmer wieder über seine leicht von der Nase nach unten gerutschte Brille an. »Robert, die Container, die sie geschickt haben«, Helm hüstelte leicht, »diese Container enthielten mehr als nur die Kaffeesäcke.«

Robert Palmer sah mit versteinertem Blick auf seinen Chef. Sein Mund war leicht geöffnet. Mit beiden Händen klammerte er sich so fest an die Armlehnen seines Stuhls, dass ihm die Finger wehtaten. Palmer glaubte kurzzeitig, dies alles nur zu träumen. Er wartete jetzt auf die nächsten Worte von Helm, den Geschäftsmann, den er immer als seriösen und absolut korrekten Unternehmer gesehen hatte, der sich jetzt als Drogenhändler zu erkennen geben würde.

»Wir haben in den Containern immer ein paar Säcke mit

anderer Ware hier in den Hafen bringen lassen, Palmer.« Er räusperte sich erneut und fragte: »Können Sie sich vorstellen, wovon ich rede?«

Palmer setzte sich aufrecht in den Stuhl, schaute auf den grauhaarigen Helm und fragte mit leiser Stimme: »Drogen?«

Der Chef der Im- und Exportfirma nickte leicht, als er ebenso mit gedämpfter Stimme antwortete: »Ja, Robert. Kokain. Aus Südamerika. Carla ist«, er stockte und verbesserte sich, »Carla war meine Kontaktperson in Praia.«

Palmer holte aus seinem Jackett eine Zigarettenschachtel und Feuer und steckte sich mit zitternden Händen eine Zigarette an. Helm hasste das Rauchen, aber Palmer war das jetzt gleichgültig und zog einen schweren Kristall-Aschenbecher zu sich hin. »Sie sind«, er stotterte leicht, »Sie sind Drogenhändler?« Er atmete den Rauch tief ein und fragte: »Wie lange geht das schon? Und wer hat das Zeug in die Container gebracht?«

Helm rutschte mit seinem Stuhl dichter an den Schreibtisch. »Carla hat dafür gesorgt. Sie hat das nicht selbst gemacht, ich weiß es nicht und wollte es auch nie wissen.« Er rieb sich die Hände und wiederholte: »Sie hat alles organisiert. Das war ihre Aufgabe. Ich habe die Ware nie gesehen, Robert. Und das werde ich auch jedem sagen, wenn ich gefragt werden sollte. Ich werde alles bestreiten und niemand wird mir nachweisen können, dass ich von den Lieferungen etwas gewusst habe.« Dann guckte er Palmer mit stechendem Blick an und sagte: »Und auch Sie, Robert, auch Sie werden nichts sagen. Denn Sie werden es ja wohl bemerkt haben, Sie sind dafür jetzt fürstlich entlohnt worden.«

Palmer sprang vom Stuhl auf. »Das Geld«, er konnte noch keinen klaren Satz herausbringen, »also doch von Ihnen? Sie haben es ...?«

Helm nickte. »Robert, mir war klar, dass Sie eines Tages von unserem«, der Mann verzog den Mund zu einem leichten Grinsen, »von unserem kleinen Zusatzgeschäft erfahren würden. Und ich möchte nicht, dass es von Ihnen durch unbedachte Handlungen kaputt gemacht wird.« Er machte eine Pause. »Zweihundert Riesen, das ist doch was für Sie!«

Palmer sah jetzt wieder die tote Carla Lancer vor sich. Fast tat sie ihm leid. Er ging zum Fenster, blickte auf den Fleet, der unten am Haus vorbeiführte. Dann drehte er sich zu seinem Chef um. »Und Carla? Ihr Tod? Hat das was mit dieser Geschichte zu tun?« Er kam zurück zum Schreibtisch und drückte die Zigarette im Aschenbecher aus.

»Deswegen wollte ich, dass Sie herkommen, Robert.« Er schüttelte den Kopf: »Nein, ich kann mir das nicht erklären. Deswegen habe ich Sie auch gebeten, die Unterlagen von ihr vor der Polizei sicherzustellen. Ich weiß nicht, ob sie bei sich zu Hause oder im Büro über unser Geschäft irgendwelche Unterlagen hatte.« Dann fragte er Palmer: »Und? Haben Sie etwas gefunden? Irgendwelche Papiere, irgendwelche Hinweise?«

Palmer erinnerte sich an den schmalen Aktenordner, den er in seinem Auto gefunden hatte. Und an die Namen, Telefonnummern und Zahlenreihen mit einigen tausend kapverdischen Escudos. Aber er schüttelte den Kopf. »Nein, nichts. Auf ihrem Schreibtisch war nur völlig belangloses Zeug.«

Helm versuchte im Gespräch, seinen Geschäftsführer zu beruhigen. Immer wieder wiederholte er, dass niemand von dem Drogentransport in den Kaffee-Containern wissen konnte. Nur er selbst, Carla Lancer und ein oder vielleicht zwei ihrer Helfer, die die Ware entweder noch auf dem Gelände der Kaffeefirma oder im Hafen in die Kaffeesäcke des Containers gepackt hatten.

Entweder war Helm tatsächlich völlig unwissend oder er machte Palmer etwas vor. Angeblich kannte er weder den Weg, wie die Drogen aus Südamerika nach Praia kamen, noch wusste er, wer für den offenbar regelmäßigen Transport die Verantwortung hatte.

Nach über einer Stunde stand Helm auf. »Robert, Sie müssen zurück nach Praia. Die Sache mit Carla muss geklärt sein, und wenn die Polizei sie nicht antrifft, könnten da unangenehme Fragen auf Sie zukommen.« Er ging um den Schreibtisch zu seinem Angestellten. »Ich setze auf Sie. Schweigen Sie, Robert«, und klopfte ihm auf die Schulter. »Sie sind jetzt ein reicher Mann, vergessen Sie das nicht. Ich habe dafür gesorgt, und ich hoffe, Sie schätzen das!«

Palmer schüttelte den Kopf. Er sagte kein Wort, als er das Büro verließ. Er nahm im Vorraum seinen kleinen Koffer und ging aus dem Haus, ohne sich von der Sekretärin zu verabschieden.

* * *

Ihm war eiskalt, als er an diesem Oktober-Vormittag zurück in die Innenstadt ging. Ein scharfer Ostwind fegte durch die Straßen, und Palmer schlug den Kragen seines Jacketts hoch. Menschen begegneten ihm, aber er sah sie nicht.

In der Nähe des Hamburger Rathauses ging er in ein Café und bestellte sich einen doppelten Espresso. Er steckte sich eine Zigarette an und wärmte sich die Hände an der Kaffeetasse. Durch den Kopf ging ihm das Drogengeschäft von Harald Helm und Carla Lancer. Und er dachte an sein Versteck im Hinterhaus in Prainha. 200.000 Euro lagen dort, die Helm selbst oder einer seiner Mitarbeiter vor seinem letzten Abflug aus Hamburg im Büro im Cremon in seinen Koffer gesteckt hatte. Also war es nicht reine Freundlichkeit gewesen, als Helm ihm angeboten hatte, den Koffer zum Flughafen bringen zu lassen, damit er nicht allzu lange vor dem Abflug am Flughafen sein musste. 200.000 Euro, die jetzt ihm gehörten. Eine riesige Summe, Geld aus einem Drogengeschäft, ging es Palmer durch den Kopf, während er seinen schwarzen Kaffee trank.

In der Mönckebergstraße ging Palmer in das Reisebüro eines großen Kaufhauses und erkundigte sich nach dem nächsten Flug auf die Kapverden. Erst morgen würde er abends ab München wieder mit der TACV fliegen können. Palmer buchte den Flug ab Hamburg und bezahlte mit seiner Kreditkarte. Mehr als vierundzwanzig Stunden hatte er jetzt Zeit bis zum Abflug.

Er verließ das Kaufhaus, ging zweihundert Meter bis zu einer ganzen Reihe bereitstehender Taxis und bestieg den ersten Wagen.

»In die Roonstraße, bitte«, sagte er dem Fahrer.

Nach knapp zwanzig Minuten hatte er seine Adresse im Hamburger Generalsviertel erreicht. Palmer bezahlte, griff seinen kleinen Koffer und ging in seine Wohnung, die er erst vor vier Tagen verlassen hatte. Da hatte er noch überlegt, wann er wohl wieder nach Hamburg kommen würde. Dass es so schnell gehen würde, damit hatte er nicht gerechnet.

Im dritten Stock hatte er in dem alten Jugendstilhaus eine kleine Zweizimmer-Wohnung mit Küche und Bad. Als er vor gut zwei Jahren gegen den Willen seiner damaligen Freundin den Beschluss gefasst hatte, nach Westafrika zu gehen, hatte er sich die Wohnung in diesem begehrten Hamburger Stadtteil gekauft. Auch wenn es günstiger gewesen wäre, die Etagenwohnung zu vermieten, behielt sie Palmer. Er redete sich ein, dass er so nicht all seine Kontakte in Hamburg verlieren würde. Und in Hotels wollte er nicht wohnen, wenn er manchmal für einige Wochen nach Deutschland kam.

Er drehte die Gasheizung auf, denn noch immer war ihm kalt. Palmer vermisste die kapverdischen Temperaturen. Aus dem Schrank im Schlafzimmer holte er sich einen Pullover, zog ihn über und legte sich auf das Bett. Schnell war er eingeschlafen.

Stunden später weckte Palmer der Lärm von der Straße. Wegen des Kopfsteinpflasters in der Roonstraße konnte man selbst bei geschlossenen Fenstern jedes Auto vorbeifahren hören. Palmer sah auf seine Armbanduhr: es war schon kurz nach 22 Uhr und er verspürte Hunger, aber in der Küche gab es bis auf ein paar Konservendosen nichts. Nicht mal Getränke standen in dem kleinen Vorratsschrank. Er stand auf und ging unter die Dusche. Das heiße Wasser tat ihm gut.

Als er sich vor dem Spiegel rasierte, fiel ihm wieder das Gespräch mit Dr. Helm ein. Palmer war über das Drogengeschäft empört. Auf der einen Seite hatte es ihm jetzt einen zweifelhaften, unverhofften Reichtum beschert, auf der anderen Seite fühlte er allein bei dem Gedanken an das riskante Geschäft mit verbotenen Drogen ein fast beängstigendes Gefühl. Was würde passieren, wenn Polizeichef Lancer und seine Mitarbeiter in Carlas Büro doch Unterlagen gefunden hatten, die Rückschlüsse auf den Handel mit Drogen ergaben? Würde Palmer in den Verdacht geraten, in die Geschäfte verwickelt zu sein?

Und viel leichter konnte die heiße Ware hier im Hamburger Hafen entdeckt werden und der gesamte illegale Transport würde auffliegen. Palmer wusste, dass der Zoll und speziell ausgebildete Drogenspürhunde hier ständig die Schiffsladungen kontrollierten. Und Helm hatte behauptet, er habe sich bei den Lieferungen nur im Hintergrund gehalten. Aber irgendjemand musste auch hier in Hamburg die Drogen aus den Kaffeecontainern herausschaffen.

Palmer ging zurück in sein Schlafzimmer und zog sich an. In Gedanken sah er sich selbst bei seiner Ankunft in Praia, sah Uniformierte auf sich zukommen, die ihn festnahmen. Er dachte an das braune Päckchen mit den vielen Euro-Noten, versteckt in seinem Hinterhaus.

Aus dem Schrank holte er sich einen Schal, zog sich sein blaues Jackett über Hemd und Pullover und verließ seine Wohnung. In der dicht zugeparkten Roonstraße ging er auf dem engen Fußweg in Richtung Eppendorfer Weg. Er überquerte an der Ampelkreuzung die Hoheluftchaussee und hatte nach 300 Metern das Restaurant *Casa de Aragon* erreicht. Früher hatte es einem Spanier gehört, der jetzt nach Mallorca gezogen war. Neuer Besitzer war ein junger Türke, der aber dieselbe Speisekarte weiterführte.

Vor dem Haus waren mehrere Tische und Stühle aufgestellt, zwischen ihnen gaben Heizstrahler eine wohlige Wärme. Wände und ein Dach aus schwerer Folie schützten die Besucher hier draußen vor dem häufigen Hamburger Schmuddelwetter. Kaum jemand saß hier, dafür war es im Restaurant voll.

Palmer setzte sich an die kleine Theke und schaute sich um, ob er aus früheren Zeiten ein bekanntes Gesicht sah. Kurz beschlich ihn wieder das unangenehme Gefühl, beobachtet zu werden. Folgte ihm jemand auf Schritt und Tritt? Hatte vielleicht sein Chef jemanden abgestellt, der ihn beobachten und herausfinden sollte, ob er irgendetwas tat, was nicht im Sinne der Firma war? Einer Firma, die sich mit Kaffeehandel den Anschein gab, legalen Geschäften nachzugehen und in Wirklichkeit mit Kokain handelte? Palmer schüttelte sich, das musste ein Albtraum sein, in den er da geraten war. Nein, er konnte niemanden ausmachen, der ihm verdächtig erschien.

Auch bekannte Gesichter sah er nicht. Der Mann hinter dem Tresen begrüße ihn freundlich und reichte ihm einen Sherry, in dem ein Zahnstocher mit einer grünen Olive und einem Stück Käse steckte.

Aus der Karte bestellte er sich gebackene Lammschulter und einen halben Liter Rotwein. Rauchen war hier verboten. Das neue Hamburger Gesetz, dachte Palmer und fragte sich, ob es das je auch auf den Kapverden geben würden.

Palmer genoss den kleinen Salat und das zarte Fleisch, das mit frittierten Knoblauchkartoffeln und ein wenig Gemüse serviert wurde. Als sich ein etwas älterer Mann neben ihn setzte, begann er mit ihm ein Gespräch über das Rauchverbot. Beide gingen nach ihrem Essen vor das Restaurant und steckten sich eine Zigarette an.

Es war weit nach Mitternacht, als Palmer nach Kaffee und Brandy wieder nach Hause ging. Nur wenige Autos fuhren in dieser kalten Oktobernacht noch durch die Stadtteile Eppendorf und Hoheluft. In Palmers Wohnung war es angenehm warm. Er zog die Vorhänge zur Roonstraße zu und machte sich fertig für das Bett. In gut zehn Stunden würde er Hamburg wieder verlassen. Die Tickets für die Flüge nach München und Praia lagen vorn auf der Garderobe.

Am nächsten Morgen nahm Palmer sein Frühstück an einem Stehtisch in einer Bäckerei am Eppendorfer Weg zu sich, bevor er seine Wohnung endgültig abschloss und mit der Buslinie 5 in die Hamburger City fuhr. Er wollte sich in der Mönckebergstraße noch neue Programme für seinen Computer kaufen. Ohne ein klares Ziel vor Augen schlenderte Palmer durch die Innenstadt, guckte in die Auslagen der Schaufenster, ging in verschiedene Geschäfte, aß an einem Imbissstand eine Bratwurst und fuhr gegen zwei mit einem Taxi zum Flughafen im Stadtteil Fuhlsbüttel.

Die Wartezeit in München kam ihm unendlich lang vor, und er war froh, als er abends gegen halb acht endlich in der Boing der TACV saß und die Maschine mit Richtung Kapverdische Inseln abhob.

Am frühen Morgen landete Palmer auf Sal, der im Norden der Kapverden liegenden Insel. Er fühlte sich auch heute wieder beim Landeanflug mit der Geschichte bestätigt, die er anderen über dieses kleine Eiland erzählte: Sal bestand nur aus Sand, Steinen und wenigen, kleinen Büschen, die meist vertrocknet waren. Auf dieser Insel lebten nur wenige Kapverdianer, dafür umso mehr Touristen.

Sal war für Badeurlauber und Wassersportler ein begehrtes Ziel: Im südlichen Santa Maria entstanden immer mehr Hotelkomplexe und auch ein deutsches Unternehmen hatte hier vor fünf Jahren eine Vier-Sterne-Anlage errichten lassen. Das viele Geld, das Urlauber hier ließen, blieb aber nicht im Land. Denn sowohl die Hoteleigner als auch das Servicepersonal stammte meist aus europäischen Ländern.

Palmer reizte die Insel Sal wenig, denn sie bot nicht viel. Die kleine Stadt Vila dos Espargos unweit des Flughafens war nicht nennenswert, einzig die alte, längst ausgediente Saline in Pedra de Lume war für Touristen eine kleine Attraktion. Eine antike, über 1000 Meter lange Seilbahn auf inzwischen morschem Gestell und die riesigen Sole-Becken direkt am Strand ließen erahnen, dass Sal zu Recht diesen Namen trug und früher einmal Geld durch die Salzgewinnung aus dem Atlantik erwirtschaftet hatte.

Palmer ging mit seinem Handkoffer im Flughafengebäude zum Büro der TACV. So schnell wie möglich wollte er mit einem der so genannten Inselhopper nach Santiago weiterfliegen. Auch wenn der Flugplan mitunter bis zu vier Flüge täglich in die kapverdische Hauptstadt Praia vorsah, war es nicht sicher, tatsächlich dort anzukommen. Denn häufig waren die kleinen Propellermaschinen längst ausgebucht oder aber sie starteten einfach nicht. Der häufige Ostwind trug mitunter von der mehrere hundert Kilometer weit entfernt liegenden Sahara den Sand mit sich und machte den Flug einer Propellermaschine zu einem gefährlichen Unterfangen.

Das Glück war an diesem frühen, warmen Morgen auf seiner Seite: Schon drei Stunden später saß Palmer in der ATR 42, flog vorbei an den Inseln Boavista und Maio und landete vierzig Minuten später auf dem Flughafen von Praia.

Während des Fluges kreisten seine Gedanken immer wieder um die Geschichte, die ihm Dr. Harald Helm in Hamburg aufgetischt hatte. Palmer wollte sich gleich heute Abend mit seinem angolanischen Freund José treffen. Ihm hatte er bereits viel erzählt, ihm konnte er bedingungslos vertrauen, sodass er jetzt auch von der Drogengeschichte und der Herkunft des Geldes berichten wollte. Vielleicht konnte José ihm irgendwie weiterhelfen.

Aber mit Miguel Santos verhielt sich die Sache problematisch. Er musste von dem illegalen Geschäft wissen, und Palmer war sich fast sicher, dass Miguel zusammen mit vermutlich afrikanischen Helfern schon mehrfach die Drogen in den Kaffee-Containern mit Ziel Hamburger Hafen versteckt hatte. Palmer sah den reichen Miguel vor sich, sah die Villen von seinem Geschäftsfreund: im Stadtteil Prainha und auch in Lissabon, eingerichtet mit allem nur erdenklichen Luxus. Und langsam ahnte er auch, welche Gäste sich Miguel Santos zu seinen Partys einlud: Es konnte nur die Drogenszene der Insel Santiago sein.

Mit einem Gefühl aus Unsicherheit und Ungewissheit, aber auch mit Wut und Empörung stieg er nach der Landung auf Santiago in ein Taxi und ließ sich an die *Quebra Canela* fahren.

* * *

Henrique begrüßte seinen Arbeitgeber mit der Hand an der Stirn und Palmers Haushälterin Rosa winkte ihm von der Terrasse aus zu. Palmer fühlte sich wieder zu Hause. Auch wenn Hamburg seine Heimat war, dort hatte er nur noch wenige Kontakte. Aber hier, im westlichsten Teil Afrikas, freuten sich die Menschen, wenn er zurückkam.

»Senhor Robert«, rief Rosa laut und Palmer war froh, dass sie ihr freundliches Lächeln wiedergefunden hatte.

»Schön, dass Sie wieder hier sind. Sie werden schon erwartet. Senhor Lancer von der Polizei war gestern hier, weil er mit Ihnen sprechen wollte. Er hat gesagt, Sie sollen zu ihm kommen, wenn Sie wieder hier sind. Und gestern Nachmittag hat Senhor Miguel angerufen. Er ist abends weggeflogen. Sie sollen seine Sekretärin in der Kaffeefirma anrufen, sie weiß mehr.«

»Danke Rosa, ja, ich dachte mir schon, dass der Polizeichef mit mir reden will.« Er ging mit seinem Koffer ins Wohnzimmer und fragte: »Und, hat Senhor Miguel nicht gesagt, wohin er fliegen wollte und wann er wiederkommt?«

»Nein, Senhor, er hat mir nichts gesagt, aber Sie sollen ja in der Firma anrufen.« Rosa ging ein paar Schritte, und ehe Palmer den hinteren Flur zum Bad und Schlafzimmer betrat, sagte sie: »Ich brauche noch den Schlüssel für das Hinterhaus. Die Leiter, Senhor Robert, ohne sie kann ich nicht arbeiten.« Und sie lachte.

»Ich zieh mich nur schnell um und gebe ihnen gleich den Schlüssel, ich muss ihn suchen.« Palmer wusste genau, dass der Schlüssel in seinem Nachttisch lag, überlegte dann kurz und sagte: »Rosa, können Sie mir aus dem Büro einen Aktenordner holen, der unten auf meinem Schreibtisch liegt?«

Er gab seiner Haushälterin den Büroschlüssel und wartete, bis sie aus der Haustür gegangen war. Schnell ging er zum kleinen Hinterhaus, schloss auf und quetschte sich an den Kartons vorbei nach hinten zur Teppichrolle. Mit einem Griff hatte er das braune, zusammengeschnürte Päckchen in der Hand, ließ die Tür offen stehen und eilte ins Schlafzimmer. Dort steckte er das Geld in eine Aktentasche und stellte diese in den Kleiderschrank zwischen einige Schuhpaare.

Minuten später war Rosa wieder im Wohnzimmer: »Ich leg Ihre Papiere auf den Telefontisch, Senhor Robert.«

Er rief ihr ein »Danke!« zu und sagte, das Hinterhaus sei jetzt geöffnet.

Palmer war erleichtert, dass er das Geld jetzt in seiner Nähe hatte. Er nahm eine Dusche und zog sich eine dunkle Hose, schwarze, leichte Schuhe und ein blaues Polohemd an.

Lancer erwartete ihn nach seiner Rückkehr aus Deutschland im Präsidium. Hatte der Mann mit seinen Mitarbeitern irgendwelche verfänglichen Unterlagen unten in Carlas Büro gefunden, hatten sie den Tod seiner Mitarbeiterin schon geklärt? Und was sollte er mit dem Geld machen? Es weiter im Haus oder Büro verstecken? In Hamburg hätte er die 200.000 Euro erst mal in einem Bankschließfach deponiert, hier gab es so etwas nicht.

Palmer nahm die Aktentasche wieder aus dem Schrank, holte den Aktenordner aus dem Wohnzimmer und ging durch den Vorgarten in sein Büro. Rosa musste beide Büroräume gesäubert haben: Es roch nach einem Reinigungsmittel, denn der schwere, süßliche Duft des Todes war verflogen. Palmer stand im Eingang zu Carlas Büro, aber nichts erinnerte mehr an das grausame Erlebnis, das er vor wenigen Tagen hier gehabt hatte.

Fast kam es ihm unwirklich vor, was hier geschehen war.

Die kurze Reise nach Hamburg, das Gespräch mit Helm in der Straße Cremon, all das war noch so frisch in Palmers Erinnerungen. Nun aber wurden die Erinnerungen wieder wach.

Er schloss die Tür zu ihrem Büro, machte die große Eingangstür zu und setzte sich an seinen alten, hölzernen Schreibtisch. Auf den Knien hielt er seine Aktentasche, öffnete sie und riss die Bindfäden um das braune Packpapier in der Tasche auf. Er sah die Geldbündel und fühlte die Scheine. Mit dem Geld konnte er sich hier auf der Insel Santiago eine der großen Villen kaufen.Und auf der anderen Seite war Palmer nach dem letzten Gespräch mit Helm eindeutig klar, dass es eine Zusammenarbeit mit dem Hamburger Unternehmen nicht weiter geben konnte. Das Geld würde auch reichen, um eine lange Durststrecke überwinden zu können. Aber dennoch: Dies hier war und blieb schmutziges Geld, Drogengeld. Durfte er das überhaupt für seine eigenen Zwecke verwenden?

Er schloss die Tasche wieder und steckte sie in einen kleinen Büroschrank, der hinter ihm an der Wand stand. Die Schiebetüren verschloss er und steckte den Schlüssel in seine Hosentasche.

Erst wollte er jetzt erfahren, wo Miguel war, dann würde er ins Zentrum von Praia auf das Plateau zu Lancer fahren. Er wählte die Nummer von *Café de Cabo Verde*, ohne im Telefonbuch nachsehen zu müssen, und ließ sich von der Frau am Empfang zu Miguels Sekretärin durchstellen.

»Senhor Robert, ich soll Ihnen ausrichten, dass Senhor Miguel gestern nach Brasilien geflogen ist. Er will sich in Fortaleza mit Plantagenbesitzern treffen, die ein gutes Angebot gemacht haben. In vier Tagen will der Senhor wieder hier sein.«

Palmer bedankte sich und legte auf. Miguel war also nach

Fortaleza geflogen. Wollte er drüben, auf der anderen Seite des Atlantik, wirklich nur Gespräche über Kaffeegeschäfte führen? Oder würde Miguel Drogen einkaufen, um sie mit der nächsten Kaffeelieferung nach Deutschland zu transportieren?

»Ich muss auf ihn warten, muss mit ihm sofort sprechen, wenn er wieder hier ist«, murmelte Palmer vor sich hin und ging raus zu seinem Landrover, um zur Polizei zu fahren.

Auf der Altstadt-Hochebene von Praia war das Präsidium in der *Rua Dr. Manuel Arriga*. Jetzt waren die Temperaturen noch nicht so hoch, dass Palmer die Klimaanlage einschalten musste. Mit offenen Fenstern und einer Zigarette im Mundwinkel steuerte er den schweren Sechszylinder vorbei an der Atlantikbucht und fuhr im zweiten Kreisel links rauf in die Altstadt der kapverdischen Metropole.

Vor dem kleinen Palast von Präsident Pires winkten ihn Afrikaner auf einen freien Parkplatz und fragten, ob sie das Auto waschen dürften. Es war ihr einziger Verdienst, und Palmer ließ die zwei jungen Männer gewähren. Für 200 Escudos würden sie den Landrover blitzsauber putzen.

Palmer ging vorbei an der *Banco Comercial do Atlantico* auf den Platz *Praca 12 de Septembro*, an dem das Rathaus und der Justizpalast standen. Die alten, schmucken Häuser aus der portugiesischen Kolonialzeit waren für Besucher ein begehrtes Fotomotiv. Er machte einen kleinen Umweg und ging durch die Hauptstraße *Avenida Amilcar Cabral* zum Markt.

Palmer liebte es, durch dieses bunte Durcheinander zu bummeln. Gemüse, Obst, Gewürze und Fisch holte er sich hier häufig und war manches Mal froh, wenn er den geforderten Preis beim Handeln um ein paar Escudos gedrückt hatte.

Bittend, fast flehend stellten sich manche Frauen und Kinder mit ihren Waren Palmer in den Weg, damit er etwas kaufen möge. Eine ältere, zahnlose Afrikanerin trug auf dem Kopf eine knallrote Plastikschüssel, die sie vor Palmer herunternahm, um ihm die frisch glänzenden Fische anzubieten. Immer wieder musste er ablehnen und drängte sich dann über den engen Markt zum gegenüberliegenden Ausgang.

Junge Männer standen hier und verkauften Zigaretten, die im Senegal oder in Guinea Bissau hergestellt worden waren. Andere boten an, zu deutlich überhöhten Kursen Dollar oder Euro in Escudos zu tauschen. Wie Palmer zu Beginn darauf reingefallen war, geschah es mit den Touristen, die hin und wieder mit Kreuzfahrtschiffen nach Santiago kamen und nicht wussten, dass sie nahezu überall mit dem Euro bezahlen konnten.

Palmer ging über die Kopfsteinpflaster-Straße auf die andere Seite und hatte nach wenigen Metern das Polizeipräsidium von Praia erreicht. Im Eingang saß hinter einem kleinen Tisch ein uniformierter Polizist, der keinen Besucher an sich vorbei ließ. Nur ein Telefon stand vor ihm und als Palmer eintrat, blickte er gemächlich zu ihm auf, stellte aber keine Frage. Palmer kannte das: Egal ob hier, am Bankschalter oder in den Behörden, es wurde äußerst langsam gearbeitet, und wer etwas wollte, musste deutlich sagen, was er wollte.

Palmer legte seine Visitenkarte auf den Tisch und sagte: »Ich habe eine Verabredung mit dem Polizeipräsidenten, melden Sie mich bitte an.«

Der Polizist schien durch das Wort »Polizeipräsident« fast aufzuschrecken und wählte sofort eine Nummer. Er sprach schnelles Kreolisch, Palmer verstand nur seinen Namen und dann sprang der Uniformierte auf, rief etwas in den langen, ockerfarben gestrichenen Gang und blickte wartend in diese Richtung.

Aus einem der Zimmer kam ein anderer Polizist: »Ich bringe Sie zum Chef, folgen Sie mir.«

Sie gingen auf einer knarrenden, hölzernen Treppe in den ersten Stock. Hinten im Gang drehte sich der Polizist zu Palmer, hob die Hand, um ihm anzudeuten, hier zu warten und betrat das Vorzimmer des Polizeipräsidenten. Palmer wartete Minuten, ehe die Tür wieder aufging und er wortlos hereingebeten wurde. Im Vorzimmer saßen zwei weitere Polizisten an ihren Schreibtischen und blickten auf, als Palmer den Raum betrat. Langsam stand der ältere von beiden auf, klopfte an die Tür von Lancer und rief hinein: »Senhor Robert Palmer.«

Lancer kam heraus. Er trug heute eine Uniform: dunkelblaue Hose mit goldenen Streifen an den äußeren Nähten, weißes Hemd mit dem Polizeiwappen an der Brusttasche und eine schwarze Krawatte. Die Jacke hatte er ausgezogen.

»Kommen Sie«, sagte er kurz, schloss hinter Palmer die doppelte Bürotür und bat seinen Besucher, vor dem Schreibtisch Platz zu nehmen. »Senhor Robert«, begann er mit seiner tiefen Stimme und setzte sich auf seinen hohen Ledersessel, »Sie sind heute erst wiedergekommen?«

Palmer nickte und berichtete, wann er mit der Maschine aus Sal in Praia gelandet war und sagte dann: »Senhor Lancer, es tut mir leid, was mit ihrer Schwester geschehen ist. Ich habe viel darüber nachgedacht. Haben Sie ...«, Palmer zögerte und suchte nach passenden Worten, »haben Sie herausfinden können, wie Carla gestorben ist?«

Lancer blickte auf seinen Schreibtisch und schob einen Stapel Akten zur Seite. Dann nickte er. »Ja, wir wissen, dass sie nicht eines natürlichen Todes gestorben ist. Meine Schwester«, jetzt rang er nach den richtigen Worten, »sie ist ermordet worden, sie ist vermutlich durch eine Überdosis Kokain gestorben.«

Palmer schaute auf den Polizeipräsidenten und konnte in diesem Moment kein Wort herausbringen. Auch wenn er mit seinem Freund José über diese Möglichkeit gesprochen hatte, so unwirklich erschien ihm das jetzt. Schließlich brachte er nur ein »Nein« heraus und dann: »Das kann ich nicht glauben.«

Lancer aber nickte nur erneut. »Doch, Senhor Robert. Es ist so, wie ich es sage. Die Ärzte im Krankenhaus haben sie untersucht. Es besteht kein Zweifel, dass das geschehen ist.« Er räusperte sich, nahm sich aus einer schon angebrochenen Schachtel eine Zigarette und zündete sie mit einem edlen Feuerzeug an. »Wir hoffen auf Ihre Unterstützung, Senhor Robert!« Er machte eine kurze Pause und sagte dann: »Ich hoffe auf Ihre Unterstützung. Wir haben herausgefunden, dass sie nicht im Büro gestorben sein kann. Sie muss an einem anderen Ort umgebracht worden sein. Aber wir denken, dass ihr Tod etwas mit ihrem Büro zu tun haben muss. Denn warum sonst hat man sie dort hingebracht?« Er schnippte die Asche in einen silbernen Aschenbecher und guckte dann auf Palmer. »Was hat meine Schwester, was hat Carla Lancer in ihrem Büro gemacht? Woran hat sie gearbeitet? Sie waren doch ihr Chef. Ich weiß, dass sie unseren Kaffee nach Europa bringen. Und?«

Palmer fühlte sich unwohl. Sollte er Lancer sagen, dass er wenig von seiner Schwester gehalten hatte? Dass sie eigentlich immer nur offenbar private Dinge im Büro gemacht hatte? Und dass sie sich für eine besondere, für eine außergewöhnliche Person hier in der Hauptstadt hielt und oft nicht allzu gut von ihrem Bruder, dem Polizeipräsidenten, gesprochen hatte?

Palmer blickte an Lancer vorbei aus dem Fenster und sah auf das gegenüberliegende Haus. Der Chef der Polizei von

Praia zog an der Zigarette, blies den Rauch Richtung Zimmerdecke und wartete auf eine Antwort. Es war eine gespenstische Ruhe in dem Büro. Weder aus dem Vorzimmer noch von der Straße war etwas zu hören. Nur die große Wanduhr zwischen den beiden Fenstern tickte.

»Senhor Lancer«, begann Palmer zögernd, »ich weiß nicht, was ich Ihnen sagen soll. Ihre Schwester hat wenig direkt mit mir gearbeitet. Sie hat die Abrechnungen für unser Büro in Deutschland gemacht. Das Kaffeegeschäft«, Palmer machte eine Pause, »das habe ich mit unserem Partner hier und auf der Insel Fogo abgewickelt.«

Er rutschte auf dem Besucherstuhl weiter nach hinten. »Ihre Schwester, Senhor Lancer, hatte gute Kontakte hier in die Politik. Und dafür wollte unser Chef in Hamburg sie weiter beschäftigen. Er hoffte immer, dass es noch zu weiteren Handelsbeziehungen kommen würde und dass Carla ihm dabei behilflich sein konnte. Sie wissen, wie wichtig das ist.«

Lancer drückte die halb aufgerauchte Zigarette im silbernen Aschenbecher aus. »Sie wissen nicht mehr? Wissen nichts über andere Geschäfte? Sie haben nie irgendetwas Ungewöhnliches bemerkt? Anrufe, Briefe, Besuche?«

»Nein, nichts«, Palmer schüttelte den Kopf und fragte: »Haben Sie nicht Vermutungen? Sie kannten Carla doch besser als ich. Was glauben Sie, warum sollte jemand Ihre Schwester umgebracht haben?«

Der Mann hinter dem Schreibtisch schwieg eine Weile und sagte dann ganz leise nur das Wort »Drogen«.

Palmer richtete sich auf: »Was?« kam es ihm fast zu laut aus dem Mund: »Drogen? Wie kommen Sie darauf. Ihre Schwester und Drogen?« Palmer schüttelte energisch den Kopf und hob dazu beide Hände. »Drogen, Senhor Lancer, das kann ich mir absolut nicht vorstellen. Nein, das wäre nicht Carla Lancer, so wie ich sie gekannt habe!« Er lehnte sich wieder zurück.

Leise sprach jetzt der Polizeipräsident: »Senhor Palmer, ich vertraue Ihnen und sage dies nur Ihnen. Nur Sie, die Ärzte im Hospital und ich wissen das: Carla wurde mit einer Überdosis Kokain umgebracht. Gespritzt in ihren Unterarm, direkt in die Vene. Eine so hohe Dosis, die kein Mensch verkraftet hätte. Sie muss vor ihrem Tod Alkohol zu sich genommen haben. Ich wünschte, dass sie nichts davon gespürt hat, es muss furchtbar gewesen sein.« Lancer stand auf und kam um den Schreibtisch auf Palmer zu. »Behalten Sie all dieses für sich. Kein Wort zu niemandem. Und denken Sie bitte zu Hause genau nach. Vielleicht fällt Ihnen noch etwas ein, das meine Ermittlungen erleichtert. Ich will es«, und er verbesserte sich, »nein, ich muss es rauskriegen!«

Palmer war auch aufgestanden. »Ich weiß nicht, was ich sagen soll.« Und er wiederholte sich, als er Lancer die Hand reichte: »Es tut mir sehr leid, was mit Ihrer Schwester geschehen ist.«

Lancer nickte leicht und ging zu der doppelten Bürotür. »Begleiten Sie Senhor Robert nach draußen, Felipe«, sagte er zu dem jüngeren Polizisten im Vorzimmer, ließ Palmer aus seinem Büro gehen und verschloss wieder die Tür.

Wie in Trance ging Palmer über das Plateau zu seinem Landrover. Die jungen Männer hatten die Scheibenwischer abgeklappt, das Zeichen, dass sie sein Auto gewaschen hatten und noch nicht bezahlt worden waren. Palmer zog drei Geldstücke aus seiner Hosentasche, gab mehr, als abgesprochen war, und verließ mit seinem Sechszylinder die Altstadt von Praia.

Unten am Kreisel fuhr er statt in seinen Stadtteil Prainha in die entgegengesetzte Richtung zum Hafen. Auf der anderen

Seite der Bucht hielt er den Wagen rechts an, stieg aus, setzte sich auf die Kaimauer und sah auf die leichte Brandung und das alte, auf der Seite liegende Schiffswrack. Er steckte sich eine Zigarette an und dachte nach. Seine Mitarbeiterin Carla Lancer war mit Drogen ermordet worden. Vermutlich mit Drogen, die aus Südamerika stammten und in einem seiner Kaffee-Container nach Deutschland verschifft werden sollten. Miguel Santos ging ihm jetzt nicht mehr aus dem Kopf. Was hatte Miguel Santos mit dem Tod von Carla Lancer zu tun?

* * *

Palmer klopfte den Sandstaub von der dunklen Hose und stieg in seinen Geländewagen.

Mehr als eine Stunde hatte er auf der Kaimauer an der Atlantikbucht gesessen. Egal in welche Richtung er die Sache durchdacht hatte, immer wieder war er dahin gelangt, dass er unmöglich jetzt so weiterarbeiten konnte, als ob nichts geschehen sei! Palmer hatte ins Wasser gestarrt und den Wellen zugesehen, eine Lösung hatte er nicht finden können.

Als er den Motor starten wollte, fiel sein Blick auf ein Stück Papier. Es war der kleine Rest einer Zigarettenschachtel, auf den Carla eine kapverdische Handynummer geschrieben hatte und den Palmer zusammen mit dem schmalen Aktenordner im Auto gefunden hatte, als er zusammen mit Miguel den Landrover vor dem Zoll abgeholt hatte.

Palmer ließ den Motor an, schaltete die Klimaanlage ein und zog sein Handy aus der Tasche. Er wählte und nach dreimaligem Klingeln sprang eine Mailbox an: Es war die Stimme von Miguel Santos.

»Ich bin zurzeit nicht erreichbar, rufen Sie später wieder an oder hinterlassen Sie Ihre Nachricht, ich melde mich dann zurück.«

Noch vor dem Pfeifton legte Palmer auf. Er suchte in seiner Adressenliste im Telefon nach Miguels Nummer und verglich sie mit der gerade gewählten. Es waren zwei völlig unterschiedliche Rufnummern.

Palmer war irritiert, er kannte Miguel seit nun fast zwei Jahren, er hatte mit Hilfe von Miguel Santos das erfolgreiche Kaffeegeschäft mit Deutschland aufgebaut, alles sprachen sie bis in die Details miteinander ab, aber diese Nummer hatte Miguel ihm nie gegeben.

Ziellos fuhr Palmer durch die kapverdische Hauptstadt. Er rauchte eine Zigarette nach der anderen. Die Bilder der vergangenen Tage gingen ihm durch den Kopf: das Geld, das mit Sicherheit aus Drogengeschäften kam und jetzt in seinem Büro lag, die tote Carla Lancer, die nach den Ermittlungen der Polizei ermordet worden war, und das Geständnis von Dr. Harald Helm, der von Beginn an von den illegalen Transporten nach Hamburg gewusst hatte.

Erst am späten Nachmittag, als die Dämmerung schon einsetzte, kehrte Palmer in die *Quebra Canela* zurück. Henrique hatte bereits die weiße Lampe am Gartentor eingeschaltet, Rosa war schon gegangen. Palmer blickte suchend auf das Nachbarhaus, aber noch war José nicht zu Hause. Von ihm erhoffte er sich einen Rat, was er jetzt tun sollte.

Die nächsten beiden Stunden verbrachte Palmer in seinem Büro, schrieb Mails an Kaffeeplantagen-Besitzer auf der Nachbarinsel Fogo und an zwei Containerfirmen im Hafen, um Angebote für die nächste Kaffee-Lieferung zu bekommen.

Gegen halb acht hörte er den Peugeot von José. Palmer beeilte sich, den Computer herunterzufahren, und ordnete seine Papiere auf dem Schreibtisch. Vor dem Grundstück stand Henrique, der in Kürze vom jungen Wachmann Nenezinho abgelöst werden würde. Es war bereits dunkel und die ersten Sterne funkelten am Himmel, als Palmer zum Nachbarhaus ging.

Die beiden Männer begrüßten sich herzlich und setzten sich in die Küche. Der Angolaner holte aus dem Kühlschrank zwei Flaschen Sagres und sie prosteten sich zu.

»Was gibt es für Neuigkeiten, mein Bruder?«, fragte José und leerte in einem Zug die Flasche Bier.

Palmer erzählte von seinen Gesprächen in Hamburg und im Polizeipräsidium.

Der schwergewichtige Angolaner stand die ganze Zeit angelehnt am Küchentresen und verfolgte gespannt der Schilderung seines Freundes und Nachbarn. Er holte zwei neue Bierflaschen aus dem Kühlschrank. »Du musst Kontakt mit Miguel aufnehmen, Robert.« Er blickte ernst über seine kleine, goldene Brille. »Robert, wenn du jetzt nicht etwas unternimmst, hängst du in der Geschichte mit drin. Niemand wird dir glauben, dass du nichts von den Drogen gewusst hast.« José stellte die Bierflasche neben sich und hob fast verzweifelt die Arme. »Halte den Mann jetzt davon ab, dein Geschäft kaputt zu machen.« José machte ein ernstes Gesicht. »Mein Freund, es ist dir und jedem, der diese verdammte Drogengeschichte erfährt, doch absolut klar, welche Rolle dein Boss in Hamburg spielt. Willst du das einfach so hinnehmen und selbst bei draufgehen? Willst du alles verlieren? Du hast in den zwei Jahren hier etwas Großes aufgebaut, ein Geschäft, das ausgezeichnet läuft. Der Gewinn scheint für dich sehr gut zu sein. Aber wenn jetzt Drogen ins Spiel kommen, bedeutet das das Aus für dich und die Kaffeelieferungen nach Deutschland. Versuch noch heute Abend, Santos in

Brasilien zu erreichen. Und du musst Lancer auch über die Machenschaften deines Chefs in Kenntnis setzen.« Der Angolaner schüttelte den Kopf: »Nein, dieser Mann hat dich bei seinem Schweinegeschäft ausgenutzt, hat versucht, mit diesen elenden Drogen das große Geld zu machen. Nein, Robert, lass das nicht zu. Lass ihn nicht einfach so davonkommen.« José kam auf Palmer zu, legte ihm die Hand auf die Schulter und sah seinen Freund eindringlich an. »Ich will dich hier nicht im Gefängnis sehen, denn da wirst du ganz schnell landen, egal ob schuldig oder nicht schuldig. Spiel mit offenen Karten, Robert!« Er machte eine Pause und sagte dann: »Robert, ich bin Afrikaner und kenne Afrika, und du kennst wie ich die Republik Kap Verde. Und du weißt, wie hier mit Menschen umgegangen wird, die in Verdacht geraten sind, Geschäfte am Gesetz vorbei zu machen. Das würde die Hölle für dich bedeuten!«

Die beiden Männer sprachen länger als eine Stunde über das Thema, das Palmer jetzt mehr und mehr quälte.

»Behalte das Geld noch bei dir, sozusagen als Sicherheit, und mach Lancer die ganze Sachlage klar. Lancer ist nach meinem Gefühl ein anständiger Polizist, nicht so bestechlich wie manche seiner Kollegen hier. Und er wird garantiert seine deutschen Kollegen schnell über die Drogenlieferung von hier nach Deutschland in Kenntnis setzen. Wenn du dem Polizeipräsidenten dabei hilfst, bist du aus der Sache raus.«

Als Palmer aufstand, klopfte ihm sein angolanischer Freund auf die Schulter und meinte: »Das wird schon für dich laufen!«

Vor seinem Haus begrüßte Palmer nur kurz Nenezinho und ging in sein Wohnzimmer, schaltete die Lampen an und stellte sich an das schwarze Stehmöbel mit dem Telefon. Palmer wählte die ihm bekannte Handynummer von Miguel Santos, die er in seinem Mobiltelefon gespeichert hatte. Am

Rufzeichen erkannte er, dass dieses eine Verbindung ins Ausland war.

Die Leitung knackte, ein dauerhafter Brummton war zu hören und dann meldete sich Miguel: »Ja, hallo?«

Palmer war erleichtert, den Mann erreicht zu haben. Nur kurz begrüßte er ihn und erklärte, dass er jetzt wieder in Praia sei. Dann kam er auf den Grund seines Anrufes zu sprechen. »Miguel, es gibt ernsthafte Probleme. Mein Boss in Deutschland hat mir erzählt, was außer Kaffee noch in unseren Containern transportiert worden ist. Es ist unglaublich, was da ohne mein Wissen passiert ist, Miguel!«

Palmer hörte nur den Brummton und erst nach einem Moment reagierte der Portugiese. »Robert, wovon sprichst du, was ist denn in dich gefahren? Ich habe keine Ahnung, was du meinst und jetzt von mir willst. Ich bin in Fortaleza und versuche, neue Partner für mein Kaffeegeschäft zu finden.«

Die Antwort verschlug Palmer die Sprache. Sollte Miguel Santos tatsächlich überhaupt nichts von dem Drogenhandel wissen? Jetzt, nach den Gesprächen mit Helm und seinem Freund José, konnte er sich das kaum noch vorstellen. Aber Zweifel kamen plötzlich auf, weil Miguels Antwort vollkommen aufrichtig erschien.

»Miguel«, rief Palmer in die immer schlechter werdende Leitung, »wann kommst du zurück, wir müssen unbedingt schnell miteinander reden!« Palmer hörte noch gerade, wie sein Geschäftspartner von übermorgen sprach, dann brach die Leitung zusammen.

Palmer legte auf, wählte erneut die Rufnummer, aber die Leitung war tot.

Er setzte sich auf seinen bequemen Ledersessel und legte die Beine über die breite Armlehne. In zwei Tagen also wollte Miguel zurück in Praia sein. Vorher konnte er mit ihm nicht mehr über das Thema sprechen, das ihn nicht mehr losließ.

Aus dem Kühlschrank holte er sich einen Rotwein aus der nordportugiesischen Anbauregion Dao und schaltete Fernsehgerät und Satellitenanlage ein. Wegen der Zeitverschiebung lief in den deutschen Programmen längst das Nachtprogramm. Gelangweilt zappte Palmer von einem zum anderen Sender und blieb dann bei dem portugiesischen Sender *RTP Africa* hängen, der eine Nachrichtensendung zeigte. Palmer wollte sich ablenken und die Gedanken auf andere Dinge lenken.

Eine halbe Stunde später schaltete er Fernseher und Lampen aus und ging ins Bett. Er schlief unruhig, wachte immer wieder auf und hatte Carlas mysteriösen Tod und den Drogenhandel vor Augen.

* * *

Früh um sechs Uhr wachte Palmer auf und fühlte sich, als ob er nur eine Stunde geschlafen hätte. Über Nacht hatte sich der Himmel zugezogen, und die Luft war trotz der frühen Morgenstunde schwül und warm: ein Zeichen, dass es heute vermutlich noch einmal Regen geben würde. Er duschte ausführlich, machte sich in der Küche einen doppelten Espresso, um dann nach unten in sein Büro zu gehen.

Eigentlich hatte er geglaubt, Nenezinho jetzt noch schlafend vorzufinden. Aber er sah seinen Wachmann nicht: weder vor dem Büroeingang, noch draußen vor dem Gartentor. Palmer ging an die *Quebra Canela* und rief Josés Wachmann Abdulei. Aber auch der hatte nichts von Nenezinho gesehen.

Verärgert schloss Palmer das Büro auf und ließ Tür und

Fenster geöffnet, um für einen leichten Windzug zu sorgen. Am Computer arbeitete er die Bestellungen der deutschen Kaffeeröstereien ab und ließ sich dabei von *Radio Praia* mit kapverdischer Musik unterhalten.

Er hatte in den letzten Monaten diese Musik immer mehr schätzen gelernt und freute sich besonders, wenn er die weit über sechzig Jahre alte Cesaria Évora hörte. Schon im fortgeschrittenen Alter war diese Musikerin von einem französischen Berufskollegen in Mindelo, der größten Stadt auf der Insel Sao Vicente, entdeckt worden. Der Franzose hatte sie mit nach Paris genommen und dort mit ihr eine erste CD produziert. Mittlerweile war die korpulente Frau, der man eine feurige Jugend mit vielen Liebhabern nachsagte, in der ganzen Welt bekannt. Sie hatte erfolgreiche Tourneen durch Amerika und Europa gemacht und Palmer hatte sie mit der *Morna* genannten Musik, die zugleich Gedichte, Balladen und Lieder waren, sogar schon vor seiner Zeit auf den Kapverden einmal bei einem Open-Air-Konzert im Hamburger Stadtpark erlebt.

Er war so vertieft in Arbeit und Musik, dass er gar nicht merkte, als plötzlich Rosa vor ihm stand. Ihre Kleidung war über und über nass, draußen hatte es inzwischen angefangen, in Strömen zu regnen.

Palmer begrüßte seine Haushälterin und bat sie, im kleinen Esszimmer das Frühstück zu bereiten, er würde in zehn Minuten in die Wohnung kommen. Im Büro fühlte er sich jetzt allein.

Obwohl er häufig seine Schwierigkeiten mit Carla Lancer gehabt hatte, so war sie vormittags meist die Einzige gewesen, mit der er sich unterhalten konnte. Auch wenn es nur belanglose Geschichten waren, aber es war zumindest der Kontakt zu einem Menschen. Umso mehr freute er sich, dass er gleich wieder nach oben in seine Wohnung gehen konnte. Und Rosa stellte sich gern zu ihm und erzählte aus ihrem Leben.

Es regnete immer stärker, als Palmer im Laufschritt um das Haus nach oben in die Wohnung lief. Kinder aus der Nachbarschaft sprangen voller Freude in die großen Pfützen auf der *Quebra Canela*. Rosa hatte im Wohnzimmer eine Schüssel aufgestellt, weil der Regen vom flachen Dach nicht schnell genug abfließen konnte und durch die Zimmerdecke tropfte.

Schwere Regengüsse wie heute waren für die einfachen Menschen der kapverdischen Inseln auf der einen Seite ein Geschenk des Himmels, weil Obst und Gemüse endlich genügend Wasser bekamen. Auf der anderen Seite richtete der Regen regelmäßig große Schäden an den einfachen Hütten und Häusern an. Und viele kleine Dörfer und einzelne Häuser konnten dann kaum noch über die steinigen Sandwege erreicht werden.

Palmer trocknete sich im Schlafzimmer die Haare und sah aus dem Fenster. In nur wenigen Minuten waren aus den Pfützen auf der *Quebra Canela* fast kleine Seen geworden. Die Kinder spielten jetzt im wadentiefen Wasser. Es war ein Glück für die Natur der westafrikanischen Inseln, wenn die Regenzeit hielt, was sie versprach.

Palmer kannte aber auch die Geschichten aus der Vergangenheit, als es über mehrere Jahre auf allen Inseln keinen Niederschlag gab. Eine verheerende Dürre hatte im Land geherrscht und tausende Menschen waren gestorben. Wenn es heute nicht regnete und an Wasser fehlte, halfen die großen Tankwagen, die das begehrte Wasser von den Meerwasser-Entsalzungsanlagen auch in die entlegensten Dörfer brachten.

Palmer genoss das reichhaltige Frühstück, das Rosa im Esszimmer angerichtet hatte. Monatelang war es überflüssig, über das Wetter zu sprechen, denn es herrschten täglich stets ähnliche Temperaturen. Heute war es anders und er sprach mit Rosa beim Kaffee über den Regen und seine positiven, aber auch negativen Folgen für Mensch und Natur.

Nach seinem Frühstück ging Palmer mit einem Schirm zurück ins Büro. Er versuchte, klare Gedanken zu fassen und sich mit seiner Arbeit zu beschäftigen. Morgen würde Miguel Santos aus Brasilien zurückkehren, dann musste er sich mit ihm treffen und das am Telefon begonnene Gespräch weiterführen.

Erst am Abend ließ der Regen nach und die Wolkendecke riss auf. Palmer öffnete die Terrassentür und atmete die frische, saubere Luft tief ein. Gegen acht ging er nach draußen und wollte in seinen Landrover einsteigen, um wegen der noch immer völlig überfluteten Straße mit dem Wagen zum Essen ins nahe Hotel *Praia Mar* zu fahren.

Henrique war gegangen, aber auch heute Abend war von Nenezinho nichts zu sehen. Auf den jungen Wachmann hatte Palmer sich immer verlassen können, auch wenn er wohl häufiger nachts schlief, statt das Haus zu bewachen. Einmal hatte er ihn spät abends betrunken vor dem Haus angetroffen, aber nachdem Palmer mit ihm darüber gesprochen hatte, war an dem jungen Kapverdianer nichts mehr auszusetzen gewesen. Was war los? War etwa auch mit Nenezinho irgendetwas geschehen? Morgen wollte er der Sache auf den Grund gehen.

* * *

»Ich hole Senhor Miguel vom Flughafen ab«, sagte Palmer am nächsten Nachmittag am Telefon zur Sekretärin in der Kaffeefirma und fuhr zum neuen Flughafen von Praia, wo der Portugiese mit einem brasilianischen Flieger um kurz nach drei eintreffen sollte.

Über zehn Jahre hatte die kapverdische Regierung diesen neuen Airport geplant, sicher fünfmal war der Eröffnungstermin verschoben worden. Seit einigen Monaten aber hatte Praia endlich auch einen Flughafen, der internationalem Standard entsprach, und auf dem die großen Maschinen aus Europa und Amerika landen konnten.

Palmer stand im Ankunftsterminal und bestellte sich eine *bica*, eine oft nur halb gefüllte Tasse Espresso, kräftig und ohne Zucker kaum zu genießen. In wenigen Minuten würde Miguel durch die sich immer wieder beim Herannahen der Passagiere automatisch öffnende Schiebetür kommen. Palmer war gespannt auf seinen Gesichtsausdruck, wenn der Portugiese ihn sehen würde, denn noch nie hatte er seinen Geschäftsfreund vom Flughafen abgeholt.

Viele Kapverdianer kamen durch die Tür, offensichtlich lebten sie im nur dreieinhalb Flugstunden entfernten Brasilien. Palmer erkannte Miguel, hob den Arm und winkte ihm zu. Er bemerkte, dass weder der Portugiese noch die anderen Passagiere von den beiden Zollbeamten kontrolliert wurden. Miguel zog mit der rechten Hand einen Koffer auf Rollen hinter sich her, in der linken trug er eine kleine Tasche.

Miguel machte ein überraschtes Gesicht und reichte Palmer die Hand: »Du bist hier? Hast du aus der Firma gehört, dass ich mit diesem Flieger komme?«

Palmer verzog den Mund zu einem leichten Lächeln. »Miguel, es ist unbedingt wichtig, dass wir miteinander sprechen.« Sie gingen mit den anderen Menschen Richtung Ausgang auf den großen Parkplatz, und Palmer setzte mit seinem Gespräch dort an, wo er vorgestern Abend bei dem kurzen Telefongespräch geendet hatte.

»Miguel, du weißt, ich war in Deutschland, ich hab dir am Telefon gesagt, dass ich mit meinem Boss gesprochen habe.« Er unterbrach sich kurz, als sie an seinem Auto standen und den Koffer hinten in den Landrover schoben und sich dann auf Fahrer- und Beifahrersitz setzten.

»Die Geschichte ist so unfassbar, dass ich sie selbst immer noch nicht glauben kann. In unseren Container-Lieferungen nach Deutschland war nicht nur der Rohkaffee.« Er machte eine Pause, während sie noch immer in dem Geländewagen auf dem Parkplatz standen und drehte sich zu Miguel. »Mit unserem Kaffee sind auch Drogen nach Deutschland transportiert worden. Dr. Helm hat mir das in Hamburg gestanden.«

Miguel blickte auf seinen deutschen Geschäftsfreund, sagte aber kein Wort.

»Miguel, ich wusste von nichts, ich kann das alles nicht fassen«, sagte Palmer und packte den Portugiesen fest am Arm. »Hast du«, er stockte und setzte noch mal an, »was hast du davon gewusst? Hast du deine Hände in diesem Geschäft?«

Miguel drehte sich zu Palmer und fasste sich an den Kopf. »Bist du irre, bist du wahnsinnig? Ich...«, seine Stimme überschlug sich fast, »ich soll Drogen in deinen Containern transportiert haben? Was glaubst du von mir, nie im Leben würde ich ...« Er sprach nicht weiter, drehte sich nach vorn und schüttelte energisch den Kopf.

Noch immer startete Palmer nicht den Motor des Wagens. Er hielt sich mit beiden Händen am Lenkrad fest und senkte den Kopf. »Miguel, Helm hat mir gesagt, dass seit über einem Jahr in jeder unserer Container-Ladungen Kokain nach Hamburg gegangen ist. Drogen im Wert von wahrscheinlich vielen Millionen. Du, Miguel«, und er guckte wieder zu seinem Partner, »hast du davon gewusst?« Palmer wartete keine

Antwort des völlig sprachlosen Portugiesen ab. Er erzählte jetzt auch noch von seinem Gespräch mit dem Polizeipräsidenten. »Carla ist mit einer Überdosis Kokain getötet worden, du wusstest, wo mein Auto stand, und als ich aus Deutschland wiederkam, da habe ich nur eins und eins zusammengezählt. Und ich muss annehmen, Miguel, dass du hier in Praia der Mann warst, der wahrscheinlich zusammen mit Carla Lancer und anderen Helfern für den Transport des Kokains gesorgt hat, und auf der anderen Seite war es Helm, der die Drogen im Hamburger Hafen wieder aus den Containern geholt und an Händler weiterverkauft hat.«

Miguel schlug mit beiden Händen kräftig auf das Armaturenbrett. In seinem braunen Gesicht stand Zornesröte und fast schrie er jetzt. »Robert Palmer, bist du völlig verrückt geworden? Du beschuldigst mich? Ich soll Drogenhändler sein? Ich«, seine Stimme überschlug sich fast, »ich soll Kokain nach Deutschland geschafft haben?« Er atmete tief durch, um sich zu beruhigen. »Fahr los, fahr endlich los«, sagte er jetzt mit leiser Stimme und meinte dann: »Ich bin enttäuscht von dir, solche unverschämten Unterstellungen, das hat sich noch nie jemand mit mir erlaubt. Das ist einfach unglaublich.«

Palmer startete den Motor und fuhr mit langsamem Tempo vom Flughafengelände in Richtung des Stadtteils Prainha. Beide Männer schwiegen, bis Palmer die Villa von Miguel erreicht hatte.

Miguel sprang vor dem Haus sofort aus dem Auto, schaute auf Palmer und fasste sich erneut an den Kopf. Er riss seinen Koffer hinten aus dem Landrover, knallte die Hecktür unüberhörbar zu und verschwand in sein Haus.

Palmer fuhr zu seinem Haus. Sein Herz klopfte und er atmete kurz, als er an der *Quebra Canela* aus seinem Auto stieg und in sein Büro ging.

Noch vor einer Stunde war es für Palmer sicher gewesen, dass sein portugiesischer Geschäftsfreund in das Drogengeschäft verwickelt war, jetzt kamen Zweifel in ihm auf. Miguel hatte derart empört auf seine Vorwürfe und Beschuldigungen reagiert, dass Palmer nicht mehr wusste, was er denken sollte.

Wieder und wieder ging er in Gedanken die Gespräche mit Helm, mit seinem Freund José und mit dem Polizeichef durch. Ohne Ergebnis.

Als Rosa kurz in das Büro kam, um sich bis zum nächsten Morgen zu verabschieden, saß Palmer noch immer an seinem hölzernen Schreibtisch, dachte über die Reaktionen von Miguel Santos nach und war nicht in der Lage, einen klaren Gedanken zu fassen.

Um viertel vor acht verließ er das Büro, schloss die Tür ab und ging nach vorn zu seinem Wachmann, der gleich nach Hause gehen würde. Der große, über sechzig Jahre alte Kapverdianer kam auf Palmer zu.

»Henrique, haben Sie schon etwas von Nenezinho gesehen oder gehört? Letzte Nacht war er nicht hier, hat er sich im Laufe des Tages bei Ihnen blicken lassen?« Palmer sprach laut, damit der ältere, schwerhörige Mann ihn verstehen konnte.

Der schüttelte den Kopf. »Ich habe mit den anderen Männern hier aus der Nachbarschaft schon gesprochen und sie gefragt. Aber keiner weiß, wo er ist.«

Henrique drehte sich um und gab Josés Wachmann Abdulei ein Zeichen, zu kommen. Der Senegalese saß auf der anderen Straßenseite auf einem weißen Plastikstuhl, kontrollierte von dort aus das Haus von José, sprang auf, als er Palmer und Henrique sah, und kam zu ihnen rüber. Aber auch er hatte Nenezinho heute nicht gesehen.

»Machen Sie sich keine Gedanken, Senhor Robert, er wird

schon kommen. Ich achte so lange auf Ihr Haus«, sagte Abdulei mit breitem Lächeln, dass jeder wieder seine strahlend weißen Zähne sehen konnte.

Palmer nickte dankbar, reichte beiden Männern die Hand und ging in der Dunkelheit in seine Wohnung. Rosa hatte die Außenbeleuchtung schon eingeschaltet und ihm im Esszimmer den Tisch gedeckt. In der Küche standen Reis, Salat und Bacalhau-Kroketten.

Palmer liebte diese portugiesische Spezialität: der getrocknete Stockfisch wurde in Wasser aufgeweicht, fein zerpflückt, dann mit Kartoffelpüree, Salz, Pfeffer, einem Hauch Knoblauch, einem rohen Ei und zerhackter Petersilie gemischt und schließlich geschickt mit zwei Esslöffeln zu Kroketten geformt. Gebacken in kochendem Öl bekamen sie ihre goldbraune Farbe und schmeckten warm wie auch kalt.

Mit einem gekühlten Rotwein genoss Palmer das Abendessen. Aber er fühlte sich dennoch nicht wohl. Das Gespräch mit Miguel ging ihm nicht aus dem Kopf, und er vermisste es, jetzt in diesem Moment mit einem Menschen über seine Probleme sprechen zu können.

Sein angolanischer Nachbar und Freund José würde zu dieser Stunde seine Frau Isabell vom Flughafen abholen, die ein paar Tage in Lissabon gewesen war. Zu ihm wollte Palmer heute Abend nicht gehen, auch wenn er dort sicher willkommen gewesen wäre. Aber Palmer selbst hätte das unpassend gefunden.

Die gute Freundschaft zu Miguel Santos hatte er heute Nachmittag mit seinen Anschuldigungen aufs Spiel gesetzt. Wenn es stimmte, dass der Portugiese mit dem Drogenhandel nichts zu tun hatte, würde es vermutlich schwer möglich sein, mit ihm wieder gemeinsame Geschäfte zu machen oder gar freundschaftliche Beziehungen aufrecht zu erhalten.

* * *

Nachdem Palmer sich ein zweites Glas Rotwein gegönnt und eine Zigarette geraucht hatte, verließ er das Haus. Er wollte an diesem Abend nicht allein im Haus bleiben, nahm sich seinen Autoschlüssel und ging zum Wagen. Er suchte nach Nenezinho, aber der junge Wachmann war auch heute nicht zu seinem Dienst erschienen.

Palmer wendete den Wagen auf der *Quebra Canela* und fuhr an der Küste entlang vorbei an jenem großen Platz, auf dem vor vielen Jahren Papst Johannes Paul vor mehreren tausend Kapverdianern eine Messe gehalten hatte. Auf dem Weg in den Stadtteil Palmarejo erinnerte ein großes Kreuz oben auf den steil emporragenden Felsen an den Besuch des Oberhauptes aller Katholiken.

In einer Talsenke vor einer Brücke bog Palmer von der holperigen Straße ab in einen Weg, der an einem oft ausgetrockneten Flusstal vorbeiführte. Nach den starken Regenfällen vor zwei Tagen strömte jetzt das Wasser durch das kleine Tal. Palmer steuerte seinen Landrover durch eine Bananenplantage und vorbei an hohen Kokospalmen zu einer Siedlung von kleinen Häusern und Baracken. Irgendwo hier musste Nenezinho wohnen.

Wenige Straßenlaternen beleuchteten den schlechten Weg, und als Palmer auf eine Gruppe junger Kapverdianer stieß, bremste er und öffnete die Seitenscheibe. In diesen Siedlungen kannte jeder jeden, und irgendjemand hier musste wissen, wo Nenezinho wohnte.

Die jungen Männer trugen modische Kleidung und waren offensichtlich gerade im Aufbruch, um in eins der nahe gelegenen Cafés zu gehen. Hosen, Hemden und Schuhe, wie sie die fünf vielleicht Zwanzigjährigen angezogen hatten, stammten vermutlich von Sucupira, dem großen Markt in der Innenstadt mit seinen unendlich vielen Hütten und Ständen und den schmalen Gängen, in denen man sich als Ortsfremder ganz schnell verlaufen konnte. Die Kleidung war aus Brasilien importiert und deutlich günstiger als in den wenigen Boutiquen oben auf dem Altstadt-Plateau.

Sie zeigten auf ein kleines Steinhaus mit Wellblechdach, als Palmer nach Nenezinho fragte. Robert hatte gehört, dass der junge Mann in einem Haus seines Onkels wohnen sollte, weil seine Familie auf der Insel Santo Antao lebte. Für eine eigene Unterkunft reichte das Monatsgehalt nicht, das Palmer ihm bezahlte.

Palmer fuhr vor das Haus, ließ in der Dunkelheit das Standlicht seines Wagens brennen und klopfte an die Blechtür. Zunächst rührte sich nichts in dem Haus, doch als Palmer stärker an die Tür pochte, hörte er Schritte.

Drinnen wurde ein Riegel aufgeschoben, ein Schlüssel gedreht und es erschien ein etwa vierzig Jahre alter Mann, der trotz der Dunkelheit eine Sonnenbrille trug. Er hatte eine weiße Hose mit schwarzem Nietengürtel angezogen, das hellgraue Hemd war geöffnet und zeigte die dunkle, fast schwarze Haut. Um den Hals blitzte eine goldene Kette mit Kreuz. »Senhor?«, fragte er durch die nur halbgeöffnete Tür.

Palmer stellte sich vor und sagte, er sei der Arbeitgeber von Nenezinho. »Können Sie mir sagen, wo er ist? Er ist seit zwei Tagen nicht mehr gekommen.«

Der Schwarze zeigte keine Reaktion, fragte nur: »Was?« und schwieg wieder.

»Ich mache mir Sorgen, können Sie nicht sagen, wo Nenezinho ist?«, und Palmer versuchte, die Blechtür ein Stück weiter zu öffnen. Der Mann aber hielt die Tür mit einer Hand fest, sagte dann in schlechtem Portugiesisch: »Ich habe keine

Ahnung, wo er ist. Mir ist das auch egal«, und er machte eine kurze Pause, als er dann mit deutlicher Stimme meinte: »Und Ihnen sollte das auch egal sein.« Er drückte die Tür zu, schob den Riegel wieder vor und ließ Palmer stehen.

Palmer schimpfte vor sich hin, als er zurück zu seinem Wagen ging und wieder in Richtung *Quebra Canela* fuhr. Schräg gegenüber dem überdimensionalen Altar, wo einst der Papst gestanden hatte, fuhr Palmer zum Restaurant *Alquimista*. Er setzte sich vor das Lokal und bestellte bei der jungen kapverdianischen Bedienung einen halben Liter Bier.

Etwa hundert Meter weiter schlugen die hohen Wellen des Atlantik gegen die weit ins Meer ragenden Felsen. Das eiskalte Bier, die leichte Brise und das Rauschen der Wellen beruhigten Palmers Nerven. Und die junge, hübsche Frau brachte ihn auf andere Gedanken.

An den Nachbartisch setzte sich ein Ehepaar, und Palmer beobachtete die schlanke Kellnerin, als sie die Bestellung auf einen Zettel schrieb. Sie blickte zu Palmer und er wusste nicht genau, ob sie ihm leicht zugelächelt hatte, als sie zurück ins Restaurant ging. Er steckte sich eine Zigarette an und trank den halbvollen Bierkrug in einem Zug aus.

Nach wenigen Minuten brachte sie auf einem Tablett zwei Caipirinha für das Ehepaar. Sie trug hautenge, schwarze Jeans, eine weite, bunt geblümte Bluse und um den schmalen Hals eine dünne Goldkette.

Sie muss ein Mischling sein, dachte Palmer, als er sie erneut beobachtete. Mit einer leichten Bewegung strich sie sich die langen, leicht lockigen Haare aus dem Gesicht und kam jetzt mit einem deutlichen Lächeln auf Palmer zu.

»Möchten Sie noch ein Bier?«, fragte sie und stand nur wenige Zentimeter neben Palmer.

Er konnte den Duft ihres Parfüms einatmen, lächelte

zurück und setzte sich auf dem dunkelgrünen Stuhl aufrecht. Er zeigte auf den geleerten Bierkrug und sagte: »Das war nur gegen den Durst.« Er nahm das Glas, reichte es ihr und berührte dabei leicht ihre Hand. »Geben Sie mir bitte einen doppelten Espresso und einen Whiskey mit Eis.«

Die junge Frau blieb ein oder zwei Sekunden neben Palmer stehen. Er schaute in ihre großen, dunkelbraunen Augen und lächelte wieder. »Wie heißen Sie?«, fragte er leise.

»Joana«, antwortete sie und zeigte Palmer ein Lächeln. »Ich komme gleich zu ihnen zurück.«

Palmer merkte, wie sein Herz schlug, er schaute ihr nach, wie sie mit wiegendem Schritt zurück in das Gebäude ging. Palmer atmete tief durch. Er war verwirrt: erst das völlig unverständliche und mehr als unfreundliche Verhalten des Afrikaners in dem Haus, wo Nenezinho wohnte, jetzt dieses Glücksgefühl, einer wunderschönen Frau begegnet zu sein.

Manchmal war Palmer abends mit Freunden in die Stadt gefahren, und José, Miguel oder einer seiner anderen Bekannten neckten ihn dann, dass er noch immer in Praia als Junggeselle lebte. Aber allzu häufig hatte er es bei flüchtigen Bekanntschaften erlebt, dass viele der Frauen nur auf eine gesicherte Existenz aus waren, ehrliche Freundschaft aber hatte er auf den Kapverden noch nicht erlebt.

Die junge Frau kam mit Palmers Bestellung und einem Lächeln auf den schön geformten Lippen. Leise sagte sie: »Hallo«, und stellte Espresso und Whiskey auf den Tisch. Leicht zur Seite gebeugt hielt sie den Kopf und fragte: »Und wie heißen Sie?« Palmer nannte seinen Namen, seine Augen ließen die Frau nicht los.

»Woher können Sie so gut portugiesisch, kommen Sie aus Portugal?«, fragte sie.

Palmer lachte: »Nein, ich bin Deutscher. Aber ich wohne

hier«, und er zeigte mit dem Finger auf die Quebra Canela, von der man hier nur die wenigen, schwach leuchtenden Straßenlaternen sah.

Die Frau stützte sich auf die Lehne des zweiten Stuhls an Palmers Tisch und ihr seiden glänzendes Haar fiel ihr wieder ins Gesicht. Sie lachte: »Dann sind Sie ja fast Kapverdianer, so wie ich.« Sie legte den Kopf auf die andere Seite, strich sich die Haare aus dem Gesicht und stellte die nächste Frage: »Und wo ist Ihre Familie?«

Palmer lachte wieder: »Ich wohne hier allein.« Er machte eine kurze Pause, bevor er sagte: »Manchmal sehr allein.« Er nahm einen kleinen Schluck aus dem Whiskyglas, in dem die vielen Eiswürfel fast klingelten. »Sie fragen mich aber ganz schön aus.«

»Entschuldigen Sie«, sagte sie und zeigte eine leichte Röte im Gesicht. »Das wollte ich nicht!«

Palmer hob die Hand, als er ihr erwiderte: »Das macht nichts, ich habe keine Geheimnisse. Erzählen Sie mir etwas von sich, dann sind wir wieder quitt.« Und er lächelte sie wieder an.

Joana blickte zurück zum Restaurant und dann wieder zu Palmer.

»Ich bin hier geboren, bin aber schon als kleines Mädchen mit meinen Eltern nach Portugal gezogen. Wir haben in Lissabon gewohnt, ich habe dort studiert und bin vor einem Jahr allein zurückgekommen. Meine Eltern sind noch immer da, aber ich wollte meine Heimat kennen lernen.«

Sie machte eine Pause und sagte dann ernst: »Es ist so schwer, hier eine Arbeit zu finden. Ich wollte hier so gern als Lehrerin arbeiten. Aber«, und sie hob beide Arme, um zu zeigen, dass sie offenbar keine Anstellung gefunden hatte. Sie schaute wieder zu ihm runter, als sie lachend sagte: »Und jetzt arbeite ich hier als Kellnerin.« Sie drehte sich zum Eingang des Restaurants um und flüsterte: »Und jetzt wissen Sie fast alles über mich, ich muss wieder reingehen, sonst verliere ich auch noch diesen Job.« Sie ging.

Palmer hatte in diesem Moment all seine Erlebnisse der letzten sieben oder acht Tage vergessen. Er lehnte sich in seinem Stuhl zurück und blickte mit einem völlig unerwarteten Glücksgefühl um sich, auf das Ehepaar am Nachbartisch und auf die Sterne, die jetzt über der Insel Santiago leuchteten.

Neue Gäste kamen mit ihren Autos zum *Alquimista*, und nach zwanzig oder dreißig Minuten gab es kaum noch einen freien Platz. Die junge Frau, die sich ihm als Joana vorgestellt hatte, lief hin und her, nahm Bestellungen auf und brachte Drinks an die Tische vor dem Restaurant.

Palmer war fast versucht, ihr zu helfen, lachte ihr zu, wenn sie dicht an ihrem Tisch vorbeiging, und sehnte sich nach ihr, um sie in seiner Nähe zu haben. Viel zu schnell trank er seinen Whiskey, nur um einen neuen zu bestellen. Er winkte sie mit einem Lächeln zu sich. »Joana, setz dich doch zu mir«, sagte er und war selbst überrascht über seine Worte.

Die hübsche Frau blieb stehen und schaute auf ihn hinunter. Sie schwiegen sich an und Palmer nahm ihre zarte Hand. »Setz dich doch«, wiederholte er und zog sie leicht zu sich.

Die Kapverdianerin hielt Palmer Hand und schaute sich um. An den Tischen vor dem *Alquimista* gab es jetzt keinen freien Platz mehr. »Ich kann jetzt nicht«, sagte sie leise und versuchte sich, von Palmer Hand zu lösen. »Willst du noch etwas trinken, soll ich dir noch etwas bringen?«

Palmer nickte und blickte der jungen Frau hinterher. Er schaute in den klaren Sternenhimmel, streckte die Beine unter dem Blechtisch aus und faltete die Hände hinter seinem Kopf. Keinen Gedanken verschwendete er in diesem

Moment an den Tod von Carla, das Drogengeschäft oder an Miguel Santos.

Zehn Minuten später brachte Joana ein neues mit Whiskey gefülltes Glas zu Palmer. Sie stand neben ihm und blickte ihn ernst an, als sie fragte: »Spielst du mit mir?«

Palmer sagte nichts, schüttelte nur den Kopf und reichte der jungen Frau erneut die Hand. Aus den Lautsprecherboxen im Restaurant-Eingang drang europäische Musik. Palmer schob das volle Whiskey-Glas zur Seite. »Können wir uns später wiedersehen, wenn dein Job hier beendet ist?«, fragte er Joana.

Die Frau lächelte. »Gegen Mitternacht bin ich fertig.« Sie zögerte, wirkte leicht verlegen und meinte dann leise: »Wenn du dann noch Zeit hast.«

Palmer sagte: »Ich bin hier, versprochen«, stand auf und bat im Restaurant um seine Rechnung.

Der Mann hinter dem Tresen tippte in einen Taschenrechner die Preise der Getränke, die Palmer bestellt hatte. Palmer bezahlte mit einem großzügigen Trinkgeld, gab Joana ein kurzes Handzeichen und fuhr mit seinem Wagen zurück zu seinem Haus.

Nach Tagen voller stressiger Gefühle, voller Angst und Sorgen hatte er an diesem Abend seit langer Zeit erstmals ein Glücksmoment. Eine tolle Frau, dachte er. Mit einer Zeitung und mit einem eher banalen Fernsehprogramm verbrachte er die Zeit des Wartens und ertappte sich immer wieder, dass er auf die Uhr schaute, um nicht diese vielversprechende Verabredung zu versäumen.

Um zehn vor zwölf stieg er wieder in sein Auto und fuhr zum *Alquimista,* nicht ohne zu bemerken, dass Nenezinho auch zu dieser späten Stunde noch immer nicht erschienen war. Er ließ den Landrover auf dem Schotterboden vor dem

Restaurant ausrollen, stieg aus, sah Joana und winkte ihr zu: Sie stand im Eingang des Hauses und hatte offenbar ihren Job beendet.

»Bin ich zu spät?«, fragte Robert und lächelte die junge Frau an.

Sie schüttelte nur den Kopf, deutete mit der Hand auf die jetzt leeren Plätze und sagte: »Keiner mehr da, ich bin für heute hier fertig.«

Palmer ging mit Joana zu seinem Auto und öffnete ihr die Beifahrertür. »*Vamos*«, sagte er, ging um das Auto und fuhr los.

Die junge Frau blickte ihn an und sagte zum ersten Mal seinen Vornamen: »Robert, wohin fahren wir?«

Palmer lächelte nur, als er über den steinigen Vorplatz vom *Alquimista* auf die *Quebra Canela* fuhr. Er wunderte sich selbst über sich. Erst vor einigen Stunden hatte er diese Frau kennen gelernt und nicht mehr als ein paar Worte mit ihr gewechselt, jetzt saß sie neben ihm in seinem Wagen.

»Wir fahren dahin, wo du hin willst.« Er legte vorsichtig seine Hand auf das Bein seiner Beifahrerin. Er guckte nach rechts, lächelte und fuhr an seinem Haus vorbei. Im Rückspiegel erkannte er Abdulei und den Wachmann des spanischen Konsuls. »Wohin möchtest du?«, fragte er Joana. »Wollen wir noch etwas trinken oder hast du Hunger?«

Joana lachte, rutsche auf dem Beifahrersitz mehr nach links und legte in dem großen Sechszylinder ihren Arm um Palmers Nacken. »Willst du mich entführen?« Sie machte eine Pause. »Ich glaube, ich muss verrückt sein.«

Palmer fuhr an der Bucht vorbei und durch die Stadt. Er fuhr durch Palmarejo und erreichte nach knapp einer halben Stunde wieder die Felsenküste, auf der das große Kreuz stand. Palmer erzählte über sich und seine Eindrücke des Landes.

Langsam steuerte er den Wagen durch den neuen Kreisverkehr, der an der zweiten Abfahrt wieder runter auf die *Quebra Canela* führte. Joana sagte kein Wort, ihre Hand lag noch immer in Palmers Nacken. Gegenüber von ihnen lag jetzt das *Alquimista*.

Palmer gab Gas und fuhr bis zu seinem Haus. »Hier wohne ich«, sagte er und zeigte auf das Haus. Abdulei kam aus dem Vorgarten von José, aber Palmer winkte ab. Der Senegalese schaute in das Auto und ging zurück zu seinem Stuhl, der im Nachbarvorgarten unter einer Palme stand.

Palmer schaltete das Licht und dann die Zündung aus, er sprang aus dem Auto und lief zur Beifahrertür: »Das ist mein Zuhause, hier lebe ich.« Er reichte ihr die Hand: »Komm, ich will dir meine Wohnung zeigen.«

Erst etwas zögernd, dann aber schnell rutschte die junge Frau aus dem Landrover und ließ es sich gefallen, von Palmer an die Hand genommen zu werden. Er öffnete die Gartenpforte und durch den von Gartenlampe und Außenlicht schwach beleuchteten Vorgarten gingen die beiden zum Hauseingang. Palmer schloss auf und schaltete im Vorflur und im Wohnzimmer die Lampen an.

Joana blieb im Wohnraum stehen und schaute sich um. »Du hast es schön hier, Robert«, sagte sie und lächelte ihn an. »Mir gefällt es bei dir!«

Palmer schaltete die Stereoanlage an und legte eine CD mit kapverdischer Musik ein. »Möchtest du etwas trinken?«, fragte er seine neue Begleiterin, die etwas zögerlich und fragend antwortete: »Vielleicht ein Wasser?«

Palmer ging in die Küche und füllte ein Glas mit Mineralwasser aus dem Kühlschrank. Als er zurück ins Wohnzimmer kam, stand Joana vor seinem Bücherregal und las laut die Titel verschiedener, deutscher Bücher vor. Palmer lachte laut über die Aussprache und stellte das Wasserglas auf den Tisch vor seiner schwarzen Ledergarnitur.

Er ging auf Joana zu, lächelte sie an und nahm sie vorsichtig in den Arm. Tief atmete er ihren Duft ein und flüsterte: »Du bist wunderschön!«

Sein Mund streifte ihre Haare und ihre Wange. Sein Mund traf ihre Lippen. Eng umschlungen bewegten sie sich zur Musik und Palmer kam mit ihr in den Armen immer dichter zum hinteren Flur. »Komm mit mir«, sagte er leise in ihr Ohr und führte sie in sein Schlafzimmer.

4. Kapitel

Am Sonntag hatte Rosa frei. Palmer wachte gegen neun Uhr auf und blickte neben sich. Dort lag Joana, atmete tief und regelmäßig, und ihr langes, dunkles Haar war über das Kopfkissen ausgebreitet. Palmer beugte sich über sie und küsste ihren Mund.

Joana schreckte auf, öffnete die Augen und blinzelte zu ihm hinauf. Sie lächelte.

Palmer rutschte dichter zu ihr und legte einen Arm um sie. »*Bom dia*, guten Morgen«, flüsterte er ihr ins Ohr und fragte: »Möchtest du einen Kaffee?«

Ohne ihre Antwort zu erwarten sprang er schnell aus dem Bett, ging kurz ins Badezimmer, dann in die Küche und stellte dort die Espressomaschine an. Mit großem Lärm mahlte die Maschine die Kaffeebohnen und schwarzer, cremiger Kaffee floss in zwei kleine Tassen.

Café de Cabo Verde stand auf den Espressotassen und Palmer erinnerte sich an sein letztes Treffen mit Miguel Santos. Nur kurz dachte er an seinen portugiesischen Geschäftsfreund, holte dann aus einem der oberen Hängeschränke zwei Zuckertüten, stellte alles zusammen mit Zigaretten und einem Aschenbecher auf ein Tablett und ging zurück ins Schlafzimmer.

Joana war aufgestanden und hatte sich nur Palmers kurzärmeliges Hemd übergezogen. Verführerisch stand sie am Fenster und sah hinaus auf den Atlantik, als Palmer das Zimmer betrat. Er stellte das Tablett auf den Nachttisch, umfasste sie von hinten und streichelte ihren Körper. Sie schmiegte sich an ihn, und beide schauten minutenlang auf das Meer.

»Der Kaffee ist bestimmt schon kalt«, sagte Palmer, holte

die beiden Tassen und stellte sie mit dem Zucker auf das Fensterbrett. Er riss beide Tüten auf und ließ den Zucker in den schwarzen Espresso rieseln, rührte mit den kleinen Löffeln um und gab der jungen Frau eine Tasse in die Hand.

Gemeinsam duschten sie in dem grün gekachelten Badezimmer, zogen sich an und verließen das Haus.

»Lass uns drüben im *Praia Mar* frühstücken«, sagte er, nahm sie an die Hand und ging mit ihr auf die Straße. Auch Henrique hatte heute seinen freien Tag, und auf der *Quebra Canela* war kein Mensch zu sehen. Palmer legte den Arm um Joana, und sie schlenderten an diesem lauwarmen Morgen zum Hotel.

Palmer versuchte beim Frühstück mit Joana, seine Erinnerungen an die Ereignisse der letzten Tage zu vergessen. Er sprach mit der jungen Frau über seine Erfahrungen und Erlebnisse auf den kapverdischen Inseln und sie lachte häufig über seine Geschichten. Er berichtete ihr von seinen Geschäften mit dem Kaffee auf der Nachbarinsel Fogo, er erzählte, mit welchem bürokratischen Aufwand er die Ware in Containern nach Deutschland transportieren ließ, erwähnte aber mit keinem Wort seinen Partner Miguel. Er sprach über seinen Freund José und sagte Joana, dass sie ihn unbedingt kennen lernen müsse, weil er einer der besten Menschen sei, denen er je begegnet sei.

Als sie nach ausgiebigem Frühstück das Hotel verließen, fragte Palmer: »Was hast du heute vor?«

»Ich muss am Nachmittag wieder zum *Alquimista*, sonst bin ich da wirklich meine Arbeit los«, antwortete sie ihm.

Aber Palmer winkte ab. »Heute ist Sonntag, wir sollten den Tag zusammen genießen«, sagte er und gab ihr einen zarten Kuss auf die Wange, als sie zurück zu seinem Haus gingen. »Lass uns ans Meer fahren, ich liebe Sao Francisco!« Und er erzählte von dem schönsten Strand im Süden Santiagos, nur etwa zwanzig Kilometer von der Hauptstadt entfernt.

Joana zögerte, ließ sich dann aber von ihrem neuen Freund unter der Bedingung überreden, um fünf Uhr nachmittags wieder beim *Alquimista* zu sein. Sie fuhren zu ihrem Appartement, wo sie aus dem Landrover sprang.

»Ich hole mir schnell Sachen für den Strand«, rief sie und war in dem großen Wohnkomplex verschwunden.

Palmer wartete fünf Minuten, blickte auf die Uhr in seinem Wagen und trommelte nervös auf das Lenkrad. Er beugte sich aus dem geöffneten Seitenfenster und hoffte, Joana vielleicht an einem Fenster oder auf einem Balkon zu sehen.

Zehn Minuten waren vergangen, als sie aus dem Eingang kam. Palmer verschlug es fast den Atem: Die junge Frau trug ein buntes, eng anliegendes Strandkleid und sommerliche Sandaletten, über ihrer Schulter hing eine Tasche, sie sah umwerfend aus. Palmer streckte die rechte Hand zur Beifahrertür und öffnete sie. Joana lächelte und küsste ihn auf den Mund.

Sie fuhren vorbei an der Bucht von Praia und bogen ab in Richtung Sao Francisco. An einem großen Gebäude, das eher einer Fabrikhalle ähnelte, warteten viele Menschen auf den Beginn des Gottesdienstes. Sie hatten sich für den Kirchgang festlich angezogen. Auf den Straßen spielten Kinder, zwischen ihnen suchten Ziegen und magere Kühe nach dem wenigen Grün und vor den Häusern standen ältere Menschen und blickten dem Landrover hinterher.

Palmer und Joana verließen Praia, sahen aus der Ferne den neuen Flughafen und ein Kasernengebäude des kapverdischen Militärs, das von zwei Soldaten bewacht wurde. Im kleinen Dorf Sao Francisco bogen sie von der Straße auf einen ausgewaschenen Sandweg und erreichten zehn Minuten später den Strand.

Hier hatte im Hinterland ein Deutscher vor Jahren eine einfache, weiß gekalkte, kleine Hotelanlage entstehen lassen, in die sich aber nur selten Touristen verirrten. Oberhalb der Bucht bauten Engländer die Siedlung *Sambala* mit Häusern, von denen eins dem anderen glich. Sie hofften auf das große Geschäft.

Vor Palmer und Joana eröffnete sich die Bucht von Sao Francisco: weißer Sandstrand, einige krumm gewachsene Palmen und vorn am Wasser ein zu einem ganz einfachen Restaurant umgebauter Container mit Vordach. Die Ausländer, die sich sonntags nicht in den Hotels von Praia aufhielten oder ins nördliche Tarrafal fuhren, kamen in diese Bucht und verbrachten den freien Tag am Strand. Der Portugiese Jorge bewirtschaftete die schlichte Kneipe, in der er mit Hilfe eines Generators gekühlte Getränke anbot und zur Mittagszeit Fisch und Fleisch grillte.

Palmer stellte den Landrover neben anderen Autos ab und sprang aus dem Wagen. Er lief um das Auto und öffnete die Beifahrertür. »Willkommen im Paradies der Republik Kap Verde«, sagte er lachend und reichte Joana die Hand. Eng umschlungen gingen sie vorbei am Container von Jorge. Wenige Meter vor dem Meer hatte der Portugiese einfache Liegestühle mit Windschutz für seine Gäste aufgestellt.

Palmer suchte zwei freie Plätze, da stockte sein Atem. Auf einem Stuhl lag Miguel Santos. Er schien in der warmen Oktobersonne zu schlafen. Noch hatte er Palmer nicht gesehen. Palmer zögerte eine Sekunde, ging dann aber mit Joana zu zwei Liegestühlen, die schräg hinter dem Portugiesen aufgebaut waren.

Palmer hatte ein ungutes Gefühl. Als er überlegte, ob er nochmals mit seinem Geschäftsfreund sprechen sollte, liefen drei kapverdische Kinder laut lachend an den Liegestühlen vorbei. Sie schossen eine alte Plastikflasche wie einen Fußball vor sich her. Miguel wachte auf, drehte seinen Kopf und traf die Blicke von Palmer. Er sprang auf, riss sein Handtuch von dem Stuhl, ging mit wütendem Blick auf Palmer zu seinem weißen Jeep und verließ die Bucht von Sao Francisco.

Die junge Frau neben Palmer hatte von dem kleinen Zwischenfall nichts mitbekommen. Im leuchtend roten Bikini lag Joana auf dem Liegestuhl, genoss die Sonne mit geschlossenen Augen und hielt mit der rechten die Hand von Palmer. Der guckte nur kurz hinter dem Jeep her, von dem auf der Strandpiste jetzt nur noch eine leichte Staubwolke zu sehen war.

»Ich hol uns von Jorge ein Getränk, was möchtest du?«, fragte er die junge Frau, die ihn jetzt anblinzelte. Palmers Gedanken über die massive Reaktion von Miguel waren schnell verflogen, als er auf die hübsche Frau mit ihrer goldbraunen Hautfarbe blickte. Er hielt ihre Hand fest, als er leise sagte: »Du bist wunderschön!«

Sie zog ihn zu sich und küsste ihn. »Bring mir das, was du dir holst«, antwortete sie und lächelte.

Als verliebtes Paar verbrachten Palmer und Joana die nächsten Stunden am Strand von Sao Francisco, stürzten sich in den warmen Atlantik, aßen unter dem Container-Vordach von Jorge frisch zubereiteten Grillfisch und erzählten sich aus ihrem Leben.

* * *

Am frühen Nachmittag erinnerte Joana an ihre Arbeit im *Alquimista*, aber Palmer winkte ab: »Bleib bei mir«, bat er sie, »ich möchte nicht, dass unser erster gemeinsamer Tag jetzt schon endet.«

Gemeinsam schlenderten sie Hand in Hand durch die Bucht entlang an den langsam ausrollenden Wellen des Atlantik. Palmer erzählte ihr jetzt vom Tod seiner früheren Mitarbeiterin, nannte ihr aber nicht die Einzelheiten und erwähnte auch mit keinem Wort mögliche Zusammenhänge mit dem Drogenhandel.

Er legte den Arm um ihre Schulter: »Das im *Alquimista* ist doch nichts, und der Verdienst«, Palmer machte eine leicht abwertende Handbewegung und sagte: »Du kannst doch zur Abwechslung erst mal Urlaub in meinem Haus machen, und dann sehen wir weiter.« Und er setzte lachend hinzu: »Ich kenn' dich zwar schon ein ganz klein wenig, aber deinen Nachnamen würde ich gern auch noch kennen lernen.«

»Da Silva«, sagte sie und wiederholte: »Joana da Silva, verliebt in einen Deutschen, der auf den Kapverden lebt und gerade einen ganz verrückten Vorschlag gemacht hat.« Sie stellte sich an dem breiten Stand vor Palmer und schlang ihre Arme um ihn und flüsterte in sein Ohr: »Du bist wirklich total verrückt«, machte eine Pause und sagte: »und sehr lieb!« Palmer hielt Joana an der schmalen Taille fest und fuhr mit seinem Mund über ihr Gesicht, bis sich ihre Lippen trafen.

Gemeinsam mit Joana da Silva verließ Palmer die Bucht von Sao Francisco, als die Sonne hinter der hügeligen Landschaft von Santiago versank. Er fühlte sich überglücklich und hatte es nicht gewagt, über ihre Arbeit im Stadtteil Prainha zu sprechen. Erst als sie bei einbrechender Dunkelheit in der *Quebra Canela* ankamen, erinnerte sie ihn an ihre Arbeit. Vor seinem Haus deutete Palmer auf die weiße Villa und sagte: »Hier ist, wenn du das möchtest, ab heute dein neues Zuhause.

Sie lächelte Palmer an, zögerte und sagte dann mit ernsterem Gesicht: »Palmer, das geht nicht, das geht viel zu schnell. Ich weiß nicht, ob ich das überhaupt machen kann, was du erwartest. Und ich glaube«, sie blickte vom Beifahrersitz auf ihre Füße, »ich glaube, Freundschaft ist gut, aber gleich ein neues Zuhause für mich? Ist das nicht ein bisschen schnell?« Palmer fuhr mit seiner Hand durch ihr Haar: »Joana, das wird gut gehen, wenn wir es beide nur wollen.«

Sie schwieg, schluckte und sagte dann leise: »Dann lass uns zu meiner Wohnung fahren.« Sie zeigte auf ihre sandigen Füße in den Sandaletten. »So kann ich nicht bleiben«, und schmunzelte verlegen.

Palmer startete wieder den Motor, schaltete das Licht ein, und sie fuhren zu Joanas Appartement. Er begleitete sie in ihre kleine Wohnung in dem mehrstöckigen Haus in *Palmarejo*, blieb auf dem Balkon, wo er die phantastische Aussicht auf den Atlantik genoss, während sie schnell duschte und sich umzog. Mit einer kleinen Ledertasche stellte sie sich vor Palmer auf die Zehenspitzen und küsste ihn auf den Mund. »Fertig, du Verrückter.«

Hand in Hand gingen sie im Treppenhaus auf die Straße und fuhren zurück zu Palmers Haus. »Die Wohnung kennst du, das Büro zeige ich dir morgen. Und morgen lernst du auch Rosa kennen, sie ist meine Haushälterin.« Palmer lachte, als er ausstieg: »Die wird sich wundern, wenn eine Frau im Haus ist.«

Palmer schloss den Wagen ab und öffnete das Gartentor. Fast war an diesem frühen Abend schon wieder die Dunkelheit über Santiago hereingebrochen. Er reichte Joana die Hand und ging vor ihr durch den kleinen Vorgarten. Auf der Treppe sah Palmer einen Schatten. Er blieb stehen, auch Joana zeigte auf den Eingang des Hauses. Palmer ließ seine Strandtasche fallen, sagte ein leises »Warte!« zu Joana und ging die wenigen Schritte allein zur Treppe. »Nenezinho«, rief er laut. »Um Himmels willen!« Er drehte sich hastig zu Joana um: »Komm schnell, das ist mein Wachmann, er ist verletzt.«

Der Kapverdianer lag blutüberströmt auf der Treppe und stöhnte. »Senhor Robert«, flüsterte er. Sein kariertes Hemd war zerrissen, aus einer großen Kopfwunde lief Blut über das dunkle Gesicht, das rechte Auge war fast vollständig zugeschwollen. Seine Hände zitterten. Er trug nur noch einen Schuh, am anderen Fuß waren blutende Schnittwunden, neben ihm lag zusammengeknüllt seine Jacke.

Palmer reagierte schnell: »Wir müssen ihn sofort ins Krankenhaus bringen«, rief er, schob seine Hände unter Oberkörper und Arme von Nenezinho und trug ihn zum Auto. »Nimm meine Schlüssel aus meiner Hose, schließ auf«, rief er kurzatmig, »mach schnell hinten auf.« Vorsichtig legte er den Schwerverletzten auf die Rückbank, sprang nach vorn und rief zu Joana: »Komm!«

Mit durchdrehenden Reifen wendete er den Landrover und raste mit überhöhter Geschwindigkeit über die *Quebra Canela* in Richtung Altstadt. Joana hatte sich gedreht, kniete auf dem Beifahrersitz und versuchte die starke Blutung am Kopf mit der Jacke von Nenezinho zu stoppen.

Palmer blickte trotz der schnellen Fahrt immer wieder um sich: »Wie geht es ihm?«

Joana sagte nur: »Fahr schneller, oh Gott, er blutet so stark.« Tränen liefen ihr über das Gesicht.

Palmer steuerte den Landrover auf das Plateau, fuhr rechts am Rathaus und Justizpalast vorbei in die *Avenida Martinez de Pidjigulti* zum Zentralkrankenhaus von Praia. Mit scharfem Bremsen stoppte er den Wagen direkt vor dem Eingang, sprang hinaus und riss die Hintertür auf. Gemeinsam mit Joana trug er den stöhnenden Nenezinho ins Krankenhaus.

Ein grauhaariger, älterer Arzt kam gerade aus einer der vielen Türen, erkannte die Lage und rief: »Kommen Sie.«

Palmer und seine Freundin trugen den jungen Wachmann

durch eine Pendeltür und legten ihn zusammen mit dem Arzt auf eine bereit stehende Trage auf Rollen.

»Er lag vor meinem Hauseingang, ich weiß nicht, wer ihn so verletzt hat«, rief Palmer ihm hinterher, als der Arzt die Trage in einen großen Raum mit Neonbeleuchtung und medizinischen Apparaturen schob.

Der drehte sich nur kurz um und rief: »Warten Sie!«

Der Puls von Palmer raste, als er den Arm um Joana legte.

Sie zitterte von der Anstrengung und vor Aufregung. »Was ist nur mit ihm passiert, Robert?«

Er zuckte die Achseln und versuchte, wieder normal zu atmen. »Er war schon seit zwei Nächten nicht mehr bei mir, gestern Abend, bevor ich zu dir gekommen bin, habe ich ihn in seinem Haus gesucht. Aber da war er auch nicht.«

Nach fünfzehn Minuten kam eine junge Krankenschwester in weißem Kittel mit einem Bogen Papier. Sie ließ sich von Palmer den Namen des Wachmanns geben, notierte auch seinen Namen und die Telefonnummer und antwortete auf Palmers Fragen: »Der Doktor wird die Wunden behandeln, der junge Mann wird eine Beruhigungsspritze bekommen. Sie können sich morgen früh nach ihm erkundigen.« Dann machte sie eine kurze Pause und fragte: »Wer trägt die Kosten?«

Palmer nickte, sagte: »Das mache ich schon«, und verließ wenig später mit Joana das Krankenhaus.

Im Auto drehte er sich zu ihr: »Es tut mir leid, dass du das miterleben musstest. Ich würde gern wissen, was da passiert ist. Irgendein Schwein muss ihn so verletzt haben. Es ist entsetzlich, wie Menschen so brutal sein können.«

Joana legte ihre Hand auf sein Bein und blickte Palmer an. »Kannst du dir vorstellen, wer das war?«

Palmer schüttelte den Kopf und fuhr schweigend zu seinem Haus. Jetzt plötzlich schossen ihm wieder die Gedanken durch den Kopf. Carla, das Geld, der Drogenhandel und die Gespräche mit Helm und Miguel Santos. Als sie ins Haus gingen, sagte er zu Joana: »Ich brauche dich, lass mich bitte heute nicht allein.«

Palmer hatte das Licht im Wohnzimmer eingeschaltet, legte eine CD in die Stereoanlage und setzte sich zu Joana auf das Sofa. Sie schwieg, während er wieder und wieder über die schweren Verletzungen seines jungen Wachmanns spekulierte. Und dann sprach er endlich auch über Carla, ihren Tod und über die Drogen.

Joana beobachte Palmer mit ernstem Gesicht und wartete, bis er die Ereignisse der letzten Tage geschildert hatte. »Robert, es ist furchtbar, was du erlebt hast.« Sie lehnte sich an ihn und sagte leise: »Du tust mir leid, das muss alles furchtbar für dich gewesen sein.«

Palmer beugte sich nach vorn und stützte den Kopf in beide Hände. »Es ist schrecklich, Joana. Und ich weiß nicht, wie es weitergehen soll.« Ohne sie anzugucken erzählte er, dass er in der Bucht von Sao Francisco Miguel Santos gesehen hatte und wie der so plötzlich den Strand wieder verlassen hatte. »Joana, ich habe ihn verdächtigt, dass er in die Drogengeschäfte verwickelt ist. Aber er hat das alles abgestritten und so wütend und sauer reagiert, dass ich mir nicht mehr sicher bin. Es wäre furchtbar, wenn ich ihn zu unrecht verdächtigt hätte.« Nur kurz hatte Robert zwischendurch an das Geld gedacht, aber verwarf den Gedanken, auch das Joana zu erzählen.

Palmer strich sich durch die Haare, blickte ins Leere und bewegte den Kopf hin und her. »Was soll ich um Gottes willen denn nur machen, Joana?«

Es war erst vierundzwanzig Stunden her, dass Palmer die junge Frau im *Alquimista* kennen gelernt hatte. Aber eine Nacht und ein Tag hatten ihm gereicht, um ihr vertrauen zu können und sie in seine Probleme und Sorgen einzuweihen.

»Ich mute dir wahrscheinlich viel zu viel zu, Joana«, sagte er. »Und dann habe ich dir hier auch noch eine Arbeit angeboten. Ich kann es verstehen, wenn du jetzt nicht mehr willst.«

Kaum hatte Palmer diesen Satz beendet, bereute er ihn schon wieder. Wenn sie jetzt gehen und seine Idee ablehnen würde ...

Joana aber zog Palmer am Arm zu sich, als sie sagte: »Wenn du willst, bleibe ich bei dir. Vielleicht kann ich dir helfen«. Sie zögerte und sagte dann: »Wenn du mich brauchst und hier haben willst.«

Palmer schaute ihr in die Augen, hielt ihren Kopf in beiden Händen und bedeckte sie mit Küssen.

* * *

Obwohl der Oktober schon langsam zu Ende ging, wurde auch der nächste Montag wieder ein heißer Tag mit blauem Himmel. Die Regenzeit schien beendet zu sein.

Rosa hatte anerkennend gelächelt, als Palmer ihr am Morgen seine neue Freundin vorgestellt hatte.

Nach dem Frühstück fuhren Palmer und Joana zurück zum Hospital auf das Plateau. Sie waren gespannt, wie es dem jungen Mann gehen würde, den sie am Vorabend schwer verletzt ins Krankenhaus gebracht hatten.

Vor dem gelb gestrichenen Hospital mit seinem großen Toreingang hielten sich viele Kapverdianer auf und warteten auf eine Behandlung oder auf ihre Angehörigen. Palmer und Joana gingen durch das Tor zur schlichten Rezeption. An einem alten Küchentisch mit Lampe, Telefon und unendlich vielen Papieren saß eine ältere Frau. Sie schob die Brille auf die Stirn und guckte auf die beiden Besucher.

Joana erklärte ihr auf Kreolisch, zu wem sie wollten, und die Frau blätterte in ihren Unterlagen, zeigte dann auf einen langen Flur. Sie wurden in einen großen Saal geschickt, in dem in über zwanzig Metallbetten die Patienten zum Teil noch in ihrer Straßenkleidung lagen. Es war Besuchszeit und fast an jedem Bett standen zwei oder drei Menschen, redeten laut und sorgten für einen fast unerträglichen Lärmpegel.

Zwei Betten vor einem vergitterten Fenster erkannten Palmer und Joana Nenezinho. Um den Kopf trug er einen großen Verband, durch den noch etwas Blut durchgesickert war. Das geschwollene Auge war mit glänzender Creme eingerieben und auch um einen Arm und den linken Fuß hatten die Ärzte Verbände gelegt. Aus einer Infusionsflasche tropfte klare Flüssigkeit in Nenezinhos Vene. Er hatte die Augen geschlossen.

Palmer beugte sich über seinen Wachmann und flüsterte ihm seinen Namen ins Ohr. Das Krankenhauspersonal hatte ihm ein ursprünglich weißes, jetzt leicht graues und zerknittertes Nachthemd angezogen.

Nenezinho öffnete leicht das gesunde Auge und blinzelte Palmer an. Er bewegte die Lippen, aber Palmer verstand in dem Lärm kein Wort. Nenezinho versuchte, Palmer die Hand zu geben, aber zuckte mit schmerzverzerrtem Gesicht zurück.

Auf der anderen Bettseite beugte sich Joana über den Verletzten und sprach ihm leise beruhigende Worte auf Kreolisch ins Ohr. Nenezinho drehte sich zu ihr und nickte mehrfach leicht mit dem Kopf. Es kostete ihn Kraft, ihr mit schwacher Stimme zu antworten.

Palmer ging zu einer jungen Krankenschwester, die gerade den Krankensaal betrat, zeigte auf seinen Wachmann und bat sie um Informationen über den Patienten.

Zwanzig Minuten später verließen Palmer und seine Freundin das Hospital von Praia, nachdem Palmer verschiedene Papiere unterschrieben hatte.

»Gott sei Dank, die Verletzungen sind nicht lebensgefährlich, er hat die Nacht gut überstanden.« Er wendete den Wagen in der Sackgasse und blickte zu Joana: »Hat er dir erzählen können, was passiert ist?«

Joana bemühte sich, die Worte von Nenezinho wiederzugeben. »Er ist gestern Nachmittag von zwei Männern zusammengeschlagen worden, zwei, die wohl auch in dem Haus leben, wo er wohnt. Weil er immer von ‚*Tio*' sprach, muss einer sein Onkel gewesen sein. Er konnte irgendwie weglaufen und hat sich dann zu deinem Haus geschleppt. Ich hab ihn gefragt, warum die Männer das gemacht haben, aber darauf hat er nicht geantwortet.«

Palmer bemerkte ihre Aufregung und legte wie zur Beruhigung seine Hand auf ihr Bein.

»Robert, das muss etwas mit den Drogen zu tun haben, von denen du gestern Abend gesprochen hast.« Sie atmete tief und hörbar durch und schaute zu Palmer, der wieder in Richtung *Quebra Canela* fuhr. »Du musst zur Polizei, du musst das alles erzählen, Robert!« Sie machte eine Pause und sagte dann: »Erst das mit deiner Mitarbeiterin, jetzt Nenezinho und alles ist in deinem Haus passiert. Die Polizei ist hier in Cabo Verde vielleicht korrupt, aber sie sind nicht dumm und werden annehmen, dass du in diese Geschichten irgendwie verstrickt bist.« Sie schaute Palmer mit angstvollem Blick an: »Ich will nicht, dass jetzt auch dir etwas geschieht.«

Palmer nickte nur, griff dann zu seinem Handy und wählte die Nummer von José. Er fragte ihn, ob er sofort vorbeikommen könnte.

José sagte nur: »Okay, in zehn Minuten.«

Palmer beendete das Gespräch und sagte zu Joana: »Ich habe dir von ihm erzählt, er ist wie ein Bruder für mich. Und ich habe ihm alles erzählt. Bevor ich zur Polizei fahre, will ich mit ihm sprechen.«

Sie fuhren von der vierspurigen Avenida an der Bucht im Stadtteil *Cha d'Areia* eine steile Straße hinauf, kamen am chinesischen und dann am russischen Generalkonsulat vorbei und hielten rechts an einem großen, neuen Gebäudekomplex, vor dem sich im leichten Wind zahlreiche Flaggen bewegten.

Im zweiten Stock waren die Büros der Welthungerhilfe untergebracht. Durch die mit Glasscheiben voneinander abgetrennten Räume erkannte Palmer seinen Freund José und winkte ihm zu. José blickte über seine schmale Lesebrille interessiert auf Joana, sprang vom Stuhl, um ihr die Hand zu reichen und nahm Palmer in den Arm.

Palmer stellte ihm seine junge Freundin vor und sagte dann, als sie sich auf eine kleine Couchgarnitur setzten: »Ich habe Joana von Carla erzählt. Auch von den Drogengeschäften.« Er blickte erst Joana an, dann wieder zu seinem angolanischen Freund und erzählte von seinem schwer verletzten Wachmann.

Der schwergewichtige Afrikaner hörte gespannt auf die Worte seines Freundes und trommelte mit den Fingern auf seinen Schreibtisch. »Das wird langsam zu viel, Robert. Du steckst langsam selbst in verdammten Schwierigkeiten. Es dreht sich alles um dich, um dein Haus, dein Kaffeegeschäft, deine Mitarbeiterin und jetzt auch noch um deinen Wachmann.«

Joana nahm Palmers Hand. »Senhor José«, und schaute kurz auf ihren Freund, »ich habe ihm gesagt, dass er jetzt dringend zur Polizei gehen muss. Palmer muss alles erzählen, dann wird man ihm keine Vorwürfe machen können. Sonst ...«

Sie beendete den Satz nicht, aber alle drei in dem großen Büro wussten, was sie meinte.

* * *

Von zu Hause aus rief Palmer das Polizeipräsidium an, ließ sich mit dem Vorzimmer von Lancer verbinden und bat um einen Termin. Keine zwei Stunden später saßen Robert Palmer und Joana da Silva im Büro des Polizeichefs auf dem Plateau von Praia.

Palmer hatte die Beine übereinander geschlagen und begann: »Senhor Lancer, Sie wissen, ich bin hier auf den kapverdischen Inseln seit zwei Jahren, kaufe Kaffee und liefere ihn nach Deutschland. Das Geschäft läuft gut und in den letzten achtzehn Monaten sind über zwölf Lieferungen unten aus dem Hafen nach Deutschland gegangen.« Palmer machte eine Pause, weil er in diesem Moment nicht wusste, ob und wie er auch Miguel erwähnen sollte. Doch dann sagte er: »Ich habe von den Erfahrungen der Firma *Café de Cabo Verde* hinten am Flughafen profitiert. Ich habe mit dem Unternehmen zusammengearbeitet, das ja schon seit Jahren Kaffee nach Amerika und Portugal exportiert.«

Lancer schaute auf Palmer und sagte: »Santos, Senhor Miguel Santos, der Portugiese.«

Palmer nickte. Und dann erzählte er von seinem kurzen Aufenthalt in Deutschland und dem Gespräch mit seinem Chef.

»Senhor Lancer, der Doktor in Hamburg hat mir Sachen gesagt, die für mich unglaublich klingen.« Palmer unterbrach sich selbst immer wieder und rang nach den richtigen Worten, bis er dem Polizeichef sagte: »Mit den Kaffeelieferungen sind offenbar auch Drogen nach Deutschland geschmuggelt worden, seit Monaten wahrscheinlich. Ich habe davon erst in der letzten Woche erfahren.« Er machte erneut eine Pause und blickte auf Lancer, der sich auf einem kleinen Spiralblock Notizen machte. »Ich habe keinerlei Ahnung, wer hier in Praia mit dem Drogenhandel zu tun hat. Die Kaffeefirma und ich haben bei jeder Lieferung den Kaffee auf seine Qualität kontrolliert, die Säcke wurden auf dem Firmengelände verschlossen und unten im Hafen in die Container verpackt. Der Zoll hat sie dort verplombt und ein oder zwei Tage später sind sie auf die Schiffe verladen worden. Ich habe mit dem Zoll die Schiffspapiere fertiggemacht, Deklarationen für Hamburg geschrieben.« Palmer hob beide Hände und sagte dann: »Es ist völlig normal gelaufen, nie erschien mir irgendetwas ungewöhnlich.«

Lancer schwieg und schrieb weiter in seinen Block.

»Senhor Lancer«, Palmer räusperte sich, »ich muss Ihnen noch etwas sagen.« Er strich sich mit der Hand über das Kinn. »Es gibt da eine Sache, die mich völlig stutzig gemacht hat, als ich neulich zurück nach Praia kam. Es dreht sich um Geld, das mir nicht gehört. Und über das ich bisher mit niemandem gesprochen habe. »Ich habe in meinem Koffer ein Riesenpaket Geld gefunden, das mir nicht gehört. Das man mir offensichtlich in Deutschland ins Gepäck geschmuggelt hat.« Er machte wieder eine Pause, beobachtete Lancers Reaktion, der aber nur stillschweigend auf den Deutschen guckte. »Es sind 200.000 Euro in verschiedenen Scheinen. Und ich habe mittlerweile erfahren, dass es sich um Schweigegeld handelt. Ich sollte von den aus Hamburg gesteuerten Drogengeschäften hier kein Wort verlieren. Mein Chef in Hamburg hat das veranlasst. Er hat mir gegen mein Wissen das Geld zustecken lassen.«

Joana saß jetzt mit offenem Mund neben Palmer und murmelte leise ein *»Meu Deus!«* Mein Gott.

Der Polizist stieß einen überraschenden Laut aus, nickte leicht und fragte dann nur ein Wort: »Drogengeld?«

Palmer bewegte den Kopf mehrfach auf und ab. »Ja, ich gehe davon aus. Ich weiß es inzwischen, dass das Geld aus dem Büro meines Chefs stammt.« Lancer machte sich weitere Notizen.

Joana sah zu Palmer und flüsterte: »Nenezinho«.

Palmer erzählte jetzt dem Polizeichef, wie er und Joana am Abend zuvor im Eingang zu seinem Haus seinen Wachmann gefunden und ihn ins Hospital gebracht hatten. »Ich kann Ihnen nicht sagen, ob das etwas mit den Drogen zu tun hat oder ob es einfach nur eine furchtbare Auseinandersetzung zwischen meinem Wachmann und seinen Mitbewohnern gegeben hat.« Er räusperte sich: »Ich wollte, dass Sie auch das wissen, Senhor Lancer.«

Der Polizist steckte sich eine Zigarette an, bot auch Palmer eine an und schob den Aschenbecher auf dem Schreibtisch zwischen beide. Er lehnte sich zurück. »Danke, Senhor Robert, dass Sie mir all das erzählt haben.« Tief inhalierte er den Rauch und sagte: »Nach den Ergebnissen der medizinischen Untersuchung, die die Ärzte bei meiner Schwester gemacht haben, sind meine Ermittlungen auch in diese Richtung gelaufen.« Er rutschte auf seinem Bürosessel nach vorn und schlug mit der flachen Hand laut auf den Tisch: »Diese verdammten Drogen.« Lancer sprang aus seinem Stuhl, sagte kurz: »Bleiben Sie bitte einen Moment hier«, und verließ das Büro durch die doppelte Eingangstür.

»Robert, es ist gut, dass wir hier sind.« Joana nickte lächelnd zu Palmer und meinte leise: »Siehst du, er hat schon so etwas geahnt, es war so wichtig, dass du ihm das alles erzählt hast.«

Nach einem kurzen Moment kam Lancer zurück in das

Büro und blieb hinter seinem Schreibtisch stehen. »Senhor Robert, Sie müssen uns jetzt unterstützen. Erzählen Sie niemandem von dem, was Sie wissen. Niemandem«, und er blickte zu Joana: »Senhora, Sie auch nicht, ich muss mich darauf verlassen können. Vielleicht haben wir so die Chance, diese ganze Schweinerei aufzuklären.« Er setzte sich wieder auf seinen Sessel und blätterte in seinem kleinen Block. »Bringen Sie mir bitte Kopien Ihrer Ladepapiere. Alle, von der ersten bis zur letzten Lieferung. Und wenn Sie können, schreiben Sie mir bitte die Namen von den Leuten auf, die in der Firma und im Hafen mit dem Kaffee zu tun hatten.« Er machte eine Pause und hob die Hand: »Aber um Gottes willen sagen Sie kein Wort, keine Erklärungen zu niemandem.«

* * *

Wenig später verließen Palmer und Joana die Polizei in Praia. An der *Quebra Canela* stand Henrique und öffnete mit einem Grinsen die Beifahrertür für Joana. Palmer nickte ihm zu, und er ging mit seiner Freundin ins Haus. »Ich bin froh, dass du bei mir bist«, sagte er, als sie im Wohnzimmer standen, das von der Klimaanlage jetzt eine angenehme Temperatur hatte. Palmer ließ sich auf einen Sessel fallen und zog Joana zu sich. »Wochen, Monate habe ich mit diesen Leuten zusammengearbeitet und ich Idiot habe geglaubt, ich hätte einen fairen Partner und einen Chef, auf den man sich verlassen kann. Was sich da jetzt auftut, nie, wirklich nie hätte ich davon auch nur zu träumen gewagt.« Er ballte die Faust und biss die Zähne aufeinander. »Ausgenutzt haben sie mich, diese Schweine. Ich habe ein verdammt gut laufendes Geschäft aufgebaut. Genug Geld hat der Alte in Hamburg damit verdient, aber er konnte den Hals nicht voll kriegen ...« Palmer konnte nicht weitersprechen. Joana hatte sich über ihn gebeugt und gab ihm einen zärtlichen Kuss.

»Du hast dir nichts vorzuwerfen, Robert«, sagte sie leise. »Es war gut, dass du zu Lancer offen und ehrlich warst.«

Palmer lächelte sie an und sagte: »Lass uns runter ins Büro gehen. Vielleicht finden wir da mehr Antworten.« Er nahm sie an die Hand.

Am Schreibtisch, an dem früher Carla gesessen hatte, nahm Palmer die von Rosa sauber geordneten Papiere, legte sie zusammen und nahm alles mit zu seinem Arbeitsplatz. »Ich suche die Unterlagen zusammen, die Lancer haben will, schau dich ein bisschen hier um, ich bin schnell fertig.«

Aus mehreren Aktenordnern zog er verschiedene Papiere, ließ sie durch den Kopierer laufen und heftete die Originale wieder ab. Dabei fiel sein Blick auf den schmalen Ordner, den Carla in seinem Wagen am Hafen hatte liegen lassen. Erneut blätterte er in ihren Notizen und ahnte jetzt, dass hier vermutlich von seiner früheren Mitarbeiterin wichtige Einzelheiten über die Drogengeschäfte aufgeschrieben worden waren. Für Palmer stand jetzt fest: Er würde nicht nur seine Papiere an Lancer weitergeben. Der Polizeichef sollte auch diesen Ordner haben.

Als Palmer sich umdrehte, um aus dem kleinen Büroschrank hinter sich weitere Unterlagen zu holen, begann sein Herz zu klopfen – das Geld. Zwar hatte er in Lancers Büro auch über das Geld gesprochen, aber sollte er es jetzt im Beisein von Joana hervorholen? In seinen Taschen suchte er nach dem kleinen Schrankschlüssel und öffnete die Schiebetür. Dort stand seine Aktentasche. Er zog den Reißverschluss auf und sah das braune Päckchen mit dem Drogengeld. Kurz blickte er zu Joana, die vor den Regalen stand, und schloss wieder die dick gefüllte Tasche.

Er nahm mehrere Ordner aus dem Schrank, schob die Tür zu und verriegelte sie. Jetzt nicht, dachte er und schrieb für den Polizeichef Namen, Adressen und Telefonnummern aus den Papieren in den Computer. Immer wieder schoss es ihm dabei durch den Kopf: Was passiert jetzt mit dem Geld?

Er war sich nicht sicher, ob er das Exportgeschäft von kapverdischem Kaffee auf eigene Faust würde fortsetzen können, nachdem er heute der Polizei in Praia von der Verstrickung seines Hamburger Chefs in den Drogenhandel erzählt hatte. Auch wenn Miguel Santos der Mittelsmann in Praia wäre, würde es schwer sein, das Geschäft weiterlaufen zu lassen. Das Drogengeld würde Robert helfen, die dann schwierige finanzielle Situation zu überwinden. Auf der anderen Seite wusste Palmer, dass er sich mit dem Geld in eine gefährliche, möglicherweise alles vernichtende Situation begab. »Ich warte ab«, entschied er für sich.

Mittags servierte Rosa eine *Cachupa*, das kapverdische Nationalgericht. Robert liebte dieses Essen, das in der sparsamen Version ohne Fleisch oder Fisch gekocht wurde. Rosa hatte die *Cachupa rica* gefertigt, die »reiche Cachupa«, die ganz nach Roberts Geschmack mit Fleisch, Wurst und Geflügel fast zu einer Delikatesse wurde. Bis zum frühen Abend verbrachten Palmer und Joana anschließend den Tag im Büro. Er hatte alle Unterlagen für die Ermittlungen der Polizei zusammengestellt und erklärte seiner Freundin Einzelheiten zum Ablauf seines Exportgeschäftes.

»Ende November muss der nächste Kaffee-Container nach Deutschland gehen. Ich werde in den nächsten Tagen nach Sao Filipe auf Fogo fliegen, um dort mit den Plantagenbesitzern zu sprechen. Und ich denke, das wird zum ersten Mal eine Kaffeelieferung nach Deutschland, die ohne das Zutun der Firma meines Chefs sein Ziel erreicht. Mit dem«, Robert machte mit der Hand eine wegwerfende Bewegung, »mit dem will ich nichts mehr zu tun haben.«

Er lächelte Joana an, die an Carlas Schreibtisch saß und durch das Internet surfte: »Willst du nicht mitkommen? Wir kaufen zusammen Kaffee ein und werden in Sao Filipe zwei oder drei Tage bleiben.«

Joana war begeistert: »Vor über zwanzig Jahren war ich zum letzten Mal auf Fogo.« Sie drehte sich zu Palmer, hielt seine Hand auf ihrer Schulter fest und nickte: »Ich freu mich, Robert. Wenn ich dir helfen kann ...« Sie konnte den Satz nicht beenden, denn Palmer beugte sich über sie und bedeckte das Gesicht seiner Freundin mit Küssen.

Palmer nahm die Papiere und den Aktenordner von Carla von seinem Schreibtisch. »Lass uns das noch bei der Polizei abgeben, dann gehen wir etwas essen.«

Henrique öffnete ihnen das Gartentor, und sie verließen die *Quebra Canela* in Richtung Innenstadt.

Als sie über das Plateau gingen, kam plötzlich Miguel Santos aus dem Reisebüro und prallte fast mit Palmer zusammen. Bruchteile von Sekunden starrten sich beide Männer an.

Palmer packte Santos an den Armen. »Miguel, wir müssen reden. Wir müssen das klären«, sagte er eindringlich.

Mit scharfer Stimme antwortete Santos: »Was willst du? Willst du mir wieder diese idiotischen Vorwürfe machen?«

Palmer versuchte, den Mann zu beschwichtigen: »Miguel, ich habe«, er stotterte und atmete dann tief durch, »Miguel, ich musste dich das fragen, lass uns das besprechen. Wir können so nicht weiter miteinander umgehen.« Er machte eine Pause, schüttelte seinen Partner, und bevor Miguel ihm antworten konnte, sagte er: »Ich habe dich nicht beschuldigt, Miguel. Du weißt, was in meinem Haus passiert ist, und ich hab selbst eine verdammte Angst gehabt, dass du irgendetwas wusstest, von dem ich keine Ahnung hatte. Aber ich musste dich das fragen!« Palmer zeigte auf den großen Platz vor dem Rathaus: »Miguel, lass uns da drüben einen Kaffee trinken und lass uns die Sache bereden. Es hilft nichts, wenn wir uns jetzt aus dem Weg gehen.«

Miguel schwieg zunächst, guckte auf Palmer und drehte sich dann zu Joana, die das kurze Gespräch der beiden Männer gespannt verfolgt hatte. Er reichte ihr seine Hand, stellte sich ihr vor und wendete sich dann zu Palmer: »Okay, komm.«

Zu dritt gingen sie über die Straße und am Rathausplatz in ein einfaches Restaurant. Direkt am Fenster fanden sie einen freien Tisch, und Palmer legte seine Unterlagen für die Polizei auf den Fußboden, bestellte dann drei Espresso.

»Lass mich bitte zuerst reden, Miguel«, sagte Palmer. Er sprach erneut über seine Unterhaltung mit seinem deutschen Chef in Hamburg und über den Überfall auf seinen Wachmann. Mit keinem Wort erwähnte er das Gespräch mit Lancer und sagte dann: »Es tut mir leid, wenn ich dich verletzt haben sollte, aber nach all dem habe ich alles für möglich gehalten. Und wenn du nichts damit zu tun hast, bin ich froh. Denn du warst und bist mein Freund, und wir haben viel gemeinsam geschafft. Es wäre bitter, wenn das jetzt alles zu Ende wäre, Miguel.«

Der Portugiese hatte die ganze Zeit geschwiegen. Er beugte sich zu Palmer und legte die Hand auf seinen Arm. »Okay, ich verstehe dich jetzt, Robert. Du hast recht, denn theoretisch hätte ich es tatsächlich sein können, der hier in Praia der Mann für den Drogenschmuggel in deinen Containern war.« Er hob beide Hände: »Du kennst mich seit zwei Jahren und wir haben uns immer gegenseitig vertraut. Und ich hoffe, daran hat sich nichts geändert, wenn du mir jetzt«, er blickte auf Joana und sagte dann: »Wenn ihr mir jetzt glaubt, dass ich nichts damit zu tun hatte. Ich bin genauso fassungslos. Und ich wäre wahnsinnig, wenn ich mein Geschäft und meine Firma damit aufs Spiel setzen würde.«

Palmer zog das Stück Papier aus seiner Jackentasche, auf der Carla die Telefonnummer von Miguel notiert hatte, die Palmer aber vergeblich angerufen hatte. »Miguel, eine Nummer von dir, von der ich nie gehört habe.«

Miguel zog das Stück Papier zu sich und stieß ein kurzes Lachen aus. »Und? Das ist die Nummer von meinem Ersatzhandy, mehr nicht. Was ist das Problem? Carla hat von mir die Nummer bekommen, als du in Deutschland warst. Denn schließlich ist sie doch deine Mitarbeiterin gewesen, oder etwa nicht? Und ich musste sie mehr als einmal wegen geschäftlicher Dinge kontakten.«

Palmer zuckte mit den Schultern und schwieg.

Mehr als eine Stunde sprachen sie über die illegalen Transporte nach Deutschland, versuchten gemeinsam herauszufinden, wer ihre Container für den Kokainhandel hatte nutzen können, und waren sich einig, dass der oder die Personen im Umkreis von Carla Lancer gesucht werden müssten.

Miguel blickte auf seine Armbanduhr und sagte: »Ich habe noch eine Verabredung«, und meinte dann zu Palmer: »Sprich mit der Polizei, sag' ihnen deine oder besser unsere Vermutungen, und die sollen dann in diese Richtung ermitteln.«

Die beiden Männer standen auf, blickten sich an und nahmen sich in den Arm. »Es war gut, dass du mich vorhin angesprochen hast, Robert!« Miguel verabschiedete sich von Joana mit einem Wangenkuss und ging.

»Was denkst du Joana, jetzt hast du ihn ein bisschen kennen gelernt. Glaubst du ihm?« Palmer hob die Papiere vom Boden und guckte seine Freundin an.

»Robert, entweder ist er ein verdammt guter Schauspieler oder er hat tatsächlich nichts dem Drogengeschäft zu tun.« Sie machte eine Pause und zog die Augenbrauen hoch: »Aber wer war es dann, der hier in Praia neben dieser Carla den Drogenhandel abgewickelt hat?«

Palmer bezahlte mit einem großzügigen Trinkgeld bei dem Kellner und sagte zu Joana: »Das muss Lancer rauskriegen.« Er klopfte mit der flachen Hand auf den Stapel Papiere. »Vielleicht hilft ihm das hier weiter. Ich bin gespannt auf das Ergebnis seiner Ermittlungen. Lass uns ihm das bringen!«

Sie lieferten Aktenordner und Papiere im Polizeipräsidium ab und fuhren zum Abendessen an die Bucht von Praia. Hier war nach Palmers Meinung eins der besten Fischlokale der Insel. An einem gemauerten Grill bereitete ein junger Kapverdianer auf glühender Kohle den Fisch vor und servierte dann selbst das Essen.

Über der Bucht war längst ein hellgelber Mond aufgegangen, als Palmer und Joana zurück an die *Quebra Canela* fuhren.

* * *

Die nächsten Tage arbeitete Palmer oft in Anwesenheit von Joana im Büro, füllte Zollpapiere aus, schickte Mailnachrichten zu den Plantagenbesitzern, orderte einen Container für die November-Lieferung des kapverdischen Kaffees nach Deutschland und besprach den Transport mit den Hafenbehörden.

Helm war nicht in Hamburg, hatte Palmer von der Sekretärin erfahren. Ihr und auch ihrem Chef verschwieg er natürlich bei jedem Kontakt per Telefon oder Mail seine Gespräche mit der Polizei von Praia. Palmer wollte seine berufliche Zukunft nicht aufs Spiel setzen: Er hatte seine Bestellungen von den Röstereien in Bremen und Hamburg auf dem Tisch und wickelte das Geschäft wie in den vergangenen zwanzig Monaten ganz normal ab.

Zwischendurch telefonierte er mit Lancer, der erneut Palmer um absolute Verschwiegenheit bat. Der Polizeichef wurde über den Verschiffungstermin informiert und hatte angedeutet, er wolle die Beladung des Containers und auch die Verladung auf das Frachtschiff durch zwei seiner Mitarbeiter kontrollieren lassen. »Wenn es so läuft, wie es bei den letzten Transporten der Fall gewesen sein muss, werden wir die Kerle schnappen und die Geschichte auffliegen lassen«, hatte er zu Palmer gesagt.

Für eine halbe Stunde besuchten Joana und Palmer täglich den jungen Wachmann im Hospital von Praia und brachten ihm Essen und Getränke. Nenezinho war auf dem Weg der Besserung, sagte aber immer wieder, dass es für ihn unerklärlich sei, warum er bei sich zu Hause zusammengeschlagen worden war.

Am Freitagmorgen flogen sie mit der kapverdischen TACV nach Sao Filipe. Aus den kleinen Fenstern der Propellermaschine sahen sie bereits aus der Ferne im Dunst des Meeres den Pico de Fogo, den fast 3000 Meter hohen Vulkan auf der westlich von Santiago liegenden Insel. Vom Flughafen fuhren Palmer und Joana gemeinsam mit anderen Passagieren in einem Kleinbus in die Inselhauptstadt und bezogen in der *Pensao Fátima* im Süden der historischen Altstadt ein Zimmer.

Mittags trafen sie sich im kleinen Ort Curral Grande mit dem Plantagenbesitzer Fernando. Aus einer alten, steinernen Hütte holte der Mann mit Rohkaffee gefüllte Plastiktüten und ließ Palmer die Ware prüfen. Wichtig war es zu kontrollieren, ob keine kleinen Steine zwischen den hellen Bohnen waren.

Der Kapverdianer schüttete eine Handvoll des rohen Kaffees in eine alte, zerbeulte Bratpfanne über einem schwach brennenden, offenen Feuer, rührte die Bohnen mit einem Stock und ließ Joana und Palmer nach zwanzig Minuten den Duft des jetzt gerösteten Kaffees einatmen.

Am späten Nachmittag des nächsten Tages waren die Verträge für die Kaffee-Lieferungen von insgesamt sieben Plantagen-Besitzern perfekt: Palmer hatte mehrere Tonnen des edlen Rohkaffees auf der Insel Fogo eingekauft. Für ihn als Ausländer war es nicht einfach, realistische Preise zu erzielen; oft merkte er, dass ihm überhöhte Forderungen gestellt wurden, aber Palmer hatte das Handeln gemeinsam mit Miguel gelernt. Er war zufrieden.

Mit einem jungen Taxifahrer fuhren Joana und Palmer am nächsten Morgen nach einem Frühstück in der *Pensao Fátima* vom Markt in Sao Filipe über ein sanftes Hügelland zum Vulkan. Kurve um Kurve kletterte der Wagen höher durch eine Wüste aus Geröll, Lavaschlacke und Aschebergen, vorbei an Vulkankegeln, die in allen Schwarz- und Grautönen schimmerten.

Eine letzte Kehre gab ihnen den Blick frei auf den grauschwarzen Kegel des Pico de Fogo. »Nie möchte ich diese Eindrücke vergessen«, flüsterte Palmer, als er eng umschlungen mit Joana über bizarre Figuren erstarrter Vulkanauswürfe die atemberaubende Landschaft genoss.

Die Propellermaschine brauchte knapp dreißig Minuten bis Praia, wo Palmer am frühen Abend mit seiner Freundin landete.

In seinem Büro bereitete er in den nächsten Tagen alles für die Verschiffung seines Containers nach Hamburg vor. Längst hatte er Lancer genau über die Ladungs-Termine informiert, als ihn am Freitagmorgen das Telefon weckte.

Nur mit seiner kurzen Pyjama-Hose war er aus dem Bett gesprungen und im Wohnzimmer ans Telefon geeilt.

»Robert, habe ich dich geweckt?«, fragte Gaby Korinth, die Sekretärin von Dr. Harald Helm am anderen Ende der Leitung.

»Was ist denn?«, fragte Palmer schlaftrunken und blickte auf das Wetter. Draußen über dem stürmischen Atlantik war der Himmel grau, in der Nacht hatte es doch wieder geregnet. Hinter der Böschung auf der anderen Straßenseite konnte Palmer erkennen, wie die schweren Brecher ihre Gischt mehrere Meter hoch peitschten.

Gaby Korinth meinte nur trocken: »Der Doktor will dich sprechen, ich verbinde.« Sie stellte das Gespräch auf Helms Apparat.

»Morgen, Palmer«, knurrte er ins Telefon und fragte: »Gibt es Neues von der Polizei?«

»Es ist bei uns noch vor sieben, Dr. Helm«, antwortete Palmer mit vorwurfsvoller Stimme, aber sein Chef reagierte nicht darauf und wiederholte seine Frage.

»Nein, seit Tagen habe ich nichts gehört.« Palmer war jetzt wach geworden. Er hatte Helm natürlich kein Wort von seinen Gesprächen mit dem Polizeichef und Miguel Santos erzählt. Auch über den Zwischenfall mit seinem jungen Wachmann Nenezinho hatte er ihm gegenüber geschwiegen. Helm musste also glauben, der Kontakt zur Polizei beschränke sich auf den Todesfall Carla Lancer. Jetzt sagte er: »Die scheinen die Akten geschlossen zu haben. Sonst hätte man mich sicher noch mal über Einzelheiten befragt, aber die Polizei weiß ja, dass ich in Deutschland war, als das mit Carla passiert ist.«

Palmer hörte ein tiefes Atmen seines Chefs. War das Erleichterung? Fast beiläufig fragte Helm dann nach dem

Geschäft: »In Kürze muss doch die neue Kaffee-Lieferung bei Ihnen abgehen, ist da alles geregelt, sind die Papiere fertig?«

»Montag früh soll der Container beladen werden, Frachttermin wird wahrscheinlich Mittwoch oder Donnerstag nächster Woche sein«, antwortete Palmer und überlegte, ob er das Drogengeschäft ansprechen sollte, aber er schwieg. Helm schien zufrieden, als er auflegte.

Palmer ging an die verschlossene Terrassentür und starrte auf den grauen Himmel. Es fing leicht an zu regnen, als plötzlich Joana hinter ihm stand. Bekleidet nur mit einem T-Shirt legte sie ihre Arme von hinten um Palmer. »So früh und schon Arbeit?«, fragte sie müde und lehnte sich an ihn. »Alles in Ordnung?«

Er befreite sich aus ihrer Umarmung, drehte sich um und nahm ihren Kopf in beide Hände. »In Hamburg wartet jemand auf den Container. Aber ich glaube, nicht nur auf unseren Kaffee. Ich werd das Gefühl nicht los, dass es trotz Carlas Tod auch diesmal eine Drogenlieferung geben soll.« Er küsste sie auf die Stirn und sagte: »Mein Boss in Hamburg steckt dahinter. Ich kann es nicht glauben, aber der Drogenhandel scheint das Einzige zu sein, was ihn interessiert. Wahrscheinlich kassiert er dafür Tausende.« Er legte den Arm um ihre Schulter, zog sie ins Badezimmer unter die Dusche, schob ihr langsam das T-Shirt über den Kopf und drehte das heiße Wasser auf.

Wenige Minuten nach acht klingelte es an der Tür. Rosa stand nass vom Regen im Eingang und deutete in den Vorgarten: »Senhor Robert, Nenezinho ist unten und fragt, ob er sie sprechen kann.«

Palmer war verdutzt, gestern Abend noch hatte er gemeinsam mit Joana den jungen Wachmann im Zentralkrankenhaus besucht und eine Krankenschwester hatte gemeint, dass er noch ein paar Tage bleiben müsste. Er ging auf die Treppe vor der Eingangstür und rief nach Nenezinho.

Der junge Mann kam heran, der Verband um seinen Kopf war wie seine Kleidung völlig durchnässt. »*Desculpa,* Senhor Robert«, sagte er mit schwacher, fast zitternder Stimme. »Entschuldigen Sie, Senhor Robert. Aber heute Morgen hat der Arzt gesagt, dass er für mich nichts mehr tun kann. Und dann hat er gesagt, er braucht jetzt mein Bett im Hospital für andere Patienten.« Die Tränen liefen ihm über das Gesicht.

»Komm rein, Nenezinho«, sagte Palmer, reichte ihm die Hand und zog ihn in den Vorflur der Wohnung. Er drehte sich zu Rosa, die hinter Palmer das Gespräch mitgehört hatte. »Rosa, suchen Sie hinten in der Kammer etwas Trockenes für ihn zum Anziehen, und dann werden wir weitersehen.«

Joana kam dazu, und Palmer fasste sich an den Kopf. »Diese medizinische Versorgung hier!« Er machte mit der Hand eine abwertende Bewegung.

Rosa zog den jungen Mann hinter sich her in die Küche und rief: »Und dann mache ich Kaffee.«

Mit einer alten Hose und einem dünnen Pullover von Palmer saß Nenezinho zwanzig Minuten später mit Palmer und Joana im Esszimmer. Immer wieder beteuerte er, dass es ihm gut gehe, aber Palmer merkte schnell, dass mit seinem Wachmann etwas nicht stimmte.

»Du weißt jetzt nicht, wo du wohnen sollst, Nenezinho. Ist es das, was dir Sorgen macht?« Ohne seine Antworte abzuwarten, sagte er: »Wir werden schnell eine Lösung finden. Ich telefoniere mit ein paar Leuten, und irgendwo wird einer schon ein Bett für dich haben.« Palmer holte aus der Küche einen Becher, füllte ihn mit heißem Kaffee und stellte ihn vor Nenezinho. »Du hast im Krankenhaus viel Zeit zum Nachdenken gehabt. Weißt du«, er deutete auf seine Verletzung am Kopf, um die Rosa ein dünnes Tuch gebunden hatte, »warum das passiert ist?«

Der junge Kapverdianer hatte die Hände auf den Schoß gelegt und blickte auf den Boden. Er murmelte unverständliche Worte, und Palmer und Joana bemerkten, wie ihm erneut Tränen die Wagen herunter liefen.

Palmer wurde lauter: »Nenezinho, was ist passiert? Wer hat dich zusammengeschlagen und warum?« Er beugte sich über den Tisch zu seinem Wachmann und rüttelte ihn an der Schulter. »Du kannst mit uns darüber sprechen. Du musst es sagen!«

Für Palmer war es unglaublich, was er dann hörte. Zögernd und stotternd und mit Angst in der Stimme erzählte Nenezinho, dass er von seinem Onkel und dessen Freund seit Monaten gezwungen worden war, im Büro von Palmer die Transporttermine der Kaffee-Lieferungen herauszufinden. Mit leiser Stimme sagte er dann: »Ich musste meinem Onkel sagen, wann die Container gepackt wurden und wann die Schiffe abfuhren. In der letzten Woche kamen die beiden wieder zu mir, aber ich habe gesagt, ich will nicht mehr.« Ängstlich blickte er in die Augen von Palmer. »Ich wusste, dass sie Drogen in den Containern verstecken wollten. Aber ich wollte Ihr Geschäft nicht kaputt machen, Senhor Robert. Sie haben mir doch Arbeit gegeben!« Er konnte kaum noch sprechen und wischte sich mit den Händen die Tränen aus dem Gesicht.

Palmer blickte fassungslos auf Nenezinho. »Und weil du nichts mehr sagen wolltest, haben sie dich zusammengeschlagen?«

Der junge Mann nickte. »Verzeihen Sie mir, Senhor Robert.« Nenezinho schluckte. »Vor ein paar Tagen, nachts, da bin ich schon mal zusammengeschlagen worden.« Erst nur zögernd und dann mit zitternder Stimme erzählte der

Wachmann, wie er vor Kurzem nachts Geräusche gehört, dann aber nichts entdeckt hatte und irgendwann später im Staub auf der Straße aufgewacht war. Er guckte wieder auf seine Füße und fragte: »Entlassen Sie mich jetzt?«

Palmer beantwortete die Frage nicht. Er stand auf, ging um den Tisch herum und packte Nenezinho fest an der Schulter.

»Was weißt du von Donna Carla? Hat sie mit deinem Onkel ...«, er machte eine Pause, weil es ihm fast schwer fiel, zu fragen und wiederholte: »Hat sie zu deinem Onkel Kontakt gehabt? Haben die das gemeinsam organisiert?«

Der junge Kapverdianer riss die Augen auf und blickte abwechselnd auf Palmer und Joana. Dann nickte er und sagte kaum hörbar: »Ja, Senhor Robert.«

»Ich habe es gewusst!« Palmer schlug sich mit der Faust in die andere, geöffnete Hand und schaute auf Joana: »Diese Frau steckte dahinter, sie und der Onkel.« Zornesröte stieg ihm ins Gesicht. »Wochenlang, monatelang haben sie mich hintergangen, haben mein sauberes Geschäft für ihre dreckige Arbeit genutzt und ich Trottel habe davon nichts, aber auch wirklich absolut nichts mitbekommen.«

Mein Geschäft, das ich hier mit unendlich viel Arbeit aufgebaut habe, hat sie mit diesem Dreck fast zerstört. Diese elende, diese verdammte Frau.« Wütend blickte er den jungen Kapverdianer an: »Und dein Onkel, dieser verdammte Kerl, der ist nicht einen Deut besser.« Sein Puls raste, er ging an das Fenster, dann zurück zu Nenezinho und packte ihn erneut an. »Und du, wie bist du in mein Büro gekommen?«

Der Kapverdianer zog aus der Hosentasche einen Schlüssel. »Ich habe ihn von Donna Carla bekommen und dann nachts ...« Er stockte, sagte dann: »Ich habe nichts gestohlen, Senhor Robert, wirklich nicht. Glauben Sie mir«, und fast flehend fügte er ein »Bitte« an.

Palmer nahm den Schlüssel vom Tisch und steckte ihn ein. »Geh' raus!«, rief er, zeigte auf die Tür und sagte dann: »Geh' raus und warte unten, unten vor dem Büro!«

Joana hatte die ganze Zeit geschwiegen. Sie stand auf und legte wie zur Beruhigung ihre Hand auf Palmers Arm. »Es ist schrecklich, dass er dein Vertrauen missbraucht hat. Aber er hat es eingesehen und sich gegen seinen Onkel gewehrt. Das ist eine große Leistung, Robert! Und immerhin wurde er dafür übel zusammengeschlagen.«

Er setzte sich und nahm sich aus der weißen Thermoskanne noch einen Kaffee. »Montag wird unten im Hafen der Container beladen, zwei oder drei Tage später geht er dann aufs Schiff. Wer weiß diesmal davon?« Er nahm einen Schluck aus der Tasse und sagte: »Ich rufe Lancer an. Wenn diese Leute wieder etwas geplant haben, muss es nach dem Beladen passieren. Die haben dann höchstens sechs Stunden Zeit dafür.«

Er ging ins Wohnzimmer zum Telefon, wählte die Nummer des Polizeipräsidiums und ließ sich mit Lancer verbinden.

»Danke für die Informationen, Senhor Robert«, sagte der Polizeichef, nachdem Palmer ihm das Geständnis von Nenezinho erzählt hatte. »Wir werden ab Montag früh das Beladen beobachten.«

Gemeinsam mit Nenezinho fuhr Palmer in den Stadtteil Terra Branca. Bei einem alten, allein lebenden Handwerker bekam er für Nenezinho eine Unterkunft. Palmer gab dem Mann 5000 Escudos für dessen Hilfsbereitschaft und schickte seinen jungen Wachmann in das einfache Haus.

»Heute Abend um acht Uhr bist du bei deiner Arbeit«, sagte er dem jungen Mann und blickte ihm dann ernst in die Augen: »Du wirst nachts während deiner Arbeit nicht mehr schlafen, und dein Platz ist unten vor dem Büro, solange hier nicht einiges geklärt ist!«

Er schlug ihm freundschaftlich mit der Faust auf der Brust: »Kein einziges Wort über diese Geschichte! Wir haben uns verstanden, Nenezinho?«

Der Kapverdianer nickte, reichte Palmer die Hand und sagte: »Danke, Senhor. Vielen Dank!«

* * *

Ohne zu frühstücken fuhr Palmer am Montag nach einem grauen und stürmischen Wochenende in den Hafen. Heute früh war die Sonne wieder herausgekommen und ließ die noch feuchten Asphaltstraßen glitzern. Die Wachleute am Hafen öffneten die Schranken, sie kannten Palmer in seinem dunkelgrünen Landrover. Er fuhr vorbei an gefährlich hoch gestapelten Containern, und wenige Meter vor der Kaimauer standen neben einem orangefarbenen 24-Meter-Blechriesen Dutzende von Paletten mit Rohkaffee. Zwei Hafenarbeiter in blauen Overalls öffneten die beiden Containertüren, ein dritter Arbeiter saß startbereit in seinem Gabelstapler.

Der Geruch von Fisch zog über das Hafengelände. Schon Stunden vor Palmers Eintreffen waren die kapverdischen Fischer mit ihrem Fang zurückgekommen. Bis an den Rand mit Fischen und Brucheis gefüllte Holzkisten schleppten die Männer von ihren kleinen Kähnen. Frauen nahmen direkt an der Kaimauer die Fische aus und bereiteten sie für die Lieferungen in die Hotels und Restaurants vor.

Palmer stieg aus seinem Wagen und ging zu einem Zöllner in grauer Uniform und blank geputzten Schaftstiefeln. An seinem Gürtel steckte in einer schwarzen Tasche seine Waffe, in den Händen hielt er die Frachtpapiere.

»*Bom dia*, guten Morgen«, sagte Palmer und begrüßte den Offizier mit Handschlag. »Alles in Ordnung?«, fragte er den

Mitarbeiter der Zollbehörde, der offenbar wenig Interesse an seiner Arbeit hatte. Er nickte nur und ließ sich von Palmer weitere Papiere geben.

Ein alter Pritschenwagen mit hoch aufgestapelten Fischkisten fuhr an ihnen vorbei, auf der Ladefläche saßen Jugendliche, die nur die Aufgabe hatten, darauf zu achten, dass der Wagen auf seiner Fahrt über die holprigen Straßen nichts verlor; das jetzt schon schmelzende Eis tropfte auf den Asphalt und hinterließ winzige Rinnsale.

Palmer blickte suchend um sich. Lancer hatte doch gesagt, er würde ab heute früh das Beladen des Containers kontrollieren lassen.

Weiter hinten waren zwei Arbeiter dabei, einen Container mit Wasserschlauch und Besen zu reinigen. Wie alle Kapverdianer erledigten sie ihre Arbeit in Seelenruhe. Neben ihnen versuchte der Fahrer eines Container-Spezialfahrzeugs mit seinem Kran einen Container auf drei bereits übereinander gestapelte Container zu wuchten. Zwei Hafenarbeiter dirigierten den Container an Seilen in die korrekte Richtung, ohne auf mögliche Unfallgefahren direkt unter dem tonnenschweren Blechriesen zu achten.

Palmer entdeckte nicht einen einzigen Polizeibeamten. Er ging zu den Paletten, auf denen jeweils zwölf Zentner-Säcke gestapelt waren. Zur Sicherheit gegen mögliches Spritzwasser auf dem Frachter waren die einzelnen Stapel mit schwerer Folie umwickelt und verklebt. Palmer machte kurze Stichproben, kontrollierte mehrere Säcke und fragte dann den Vorarbeiter, wann das Beladen abgeschlossen sein würde.

»Wenn Sie mittags wieder hier sind, können wir den Container verplomben.«

Es läuft ab wie bei jeder Verladung, dachte Palmer, als er in seinen Wagen stieg und zurück zur *Quebra Canela* fuhr. Rosa fegte den kleinen gepflasterten Weg im Vorgarten und Joana stand in Jeans und T-Shirt in der Küche und kochte Kaffee. Auf ihrem Gesicht zeigte sich ein erfreutes Lächeln, und sie legte die Arme um Palmer.

»Wie läuft es drüben im Hafen, alles wie geplant?«, fragte sie.

Palmer küsste sie zärtlich, ehe er antwortete: »Mit der Verladung haben sie gerade angefangen. Es ist alles in Ordnung, aber Lancers Leute sind nicht da, ich habe niemanden gesehen.«

Er lehnte sich an den Küchentresen und sagte mit enttäuschender Stimme: »Das ist immer dasselbe: Es wird viel angekündigt und nichts geschieht. Wenn die eine Pause einlegen, wird jeder an den Container rankommen können.« Er erzählte von dem Zöllner, der völlig lustlos die Schiffsladung nach Deutschland kontrollierte. »In drei Stunden werden sie fertig sein und dann wird der Container verschlossen. Er wird versiegelt und mit einem Sicherheitsschloss dichtgemacht. Dann kann keiner mehr ran.«

Nach einer kurzen Pause meinte er dann: »Ich rufe Lancer an. Ich würde zu gern wissen, warum er nun doch niemanden in den Hafen geschickt hat.« Palmer ging ins Wohnzimmer und wählte die zentrale Nummer der Polizei. Aus dem Vorzimmer der Polizeizentrale erfuhr er, dass Lancer nicht da war. »Verdammt«, murmelte Palmer, »warum hält der sich nicht an die Absprachen?« Er holte aus seinem Jackett sein Handy und drückte die private Mobilnummer des Polizeichefs. Ein leises »Ja« hörte Palmer und war erleichtert, Lancer sprechen zu können. »Senhor Lancer, der Container wird schon beladen, in knapp drei Stunden wird er verschlossen und verplombt. Ich dachte, Sie wollten dabei sein?«

»Sie müssen sich unsere Gedanken nicht machen, Senhor Robert«, sagte der Chef der Polizei von Praia. »Wir sind seit heute früh um sechs im Hafen. Es würde vermutlich nichts bringen, wenn ich da vor Ihre Container zwei Kollegen in Uniform stelle.«

Palmer schwieg.

»Machen Sie ihre Arbeit wie üblich weiter, kümmern sie sich nicht um uns«, sagte Lancer und legte auf.

Palmer blieb verdutzt im Wohnzimmer stehen. Lancers Leute mussten da gewesen sein, er hatte sie aber nicht gesehen.

»Es läuft doch«, sagte er in der Küche zu Joana und erzählte ihr von seinem Gespräch.

Eine innere Unruhe überfiel Palmer beim Frühstück. Wieder und wieder blickte er auf seine Uhr. Mit wenig Appetit aß er ein Stück Brot, trank seinen Kaffee, ging ziellos durch seine Wohnung und rauchte eine Zigarette nach der anderen.

»Jetzt muss es passieren. Nur jetzt haben sie die Chance, ihre Drogen in meinen Container zu schmuggeln«, dachte er. Oder fand gar nichts statt, weil Carla Lancer tot war?

Es war kurz vor halb zwölf, als er wieder zu seinem Wagen ging, um zum Hafen zu fahren.

Die Hafenarbeiter mussten noch drei Paletten in den Container einpacken, als Palmer bei ihnen eintraf. Schon beim Aussteigen aus seinem Wagen guckte Palmer um sich, sah aber keine Veränderungen. »Nur Hafenarbeiter, aber wo sind Lancers Leute?«, fragte er sich, als der Vorarbeiter winkend zu ihm kam.

»Senhor, die Paletten kriegen wir nicht rein, der Platz reicht nicht.«

Palmer trat an den Container. Oben über den hoch gestapelten Paletten war noch ein halber Meter Platz. »Reißen Sie die Folie ab und schieben Sie die Säcke oben einzeln rein, dann wird es klappen!«

Die Männer fluchten vor sich hin, denn es war Schwerstarbeit, die Zentnersäcke hochzuwuchten und so zu verstauen, dass die gesamte Lieferung Rohkaffee in den Blechriesen hineinpasste. Unbeweglich stand neben dem Container der Zöllner, der mit einer Strichliste die Beladung verfolgte.

Wie die Hafenarbeiter war auch der Zolloffizier nach einer knappen Stunde froh, dass die Arbeit erledigt war. Er unterschrieb den Ladeschein und drückte Palmer ohne ein Wort zu sagen einen Durchschlag der Papiere in die Hand.

Als die Arbeiter den Container verriegelten, zog er aus seiner Uniformjacke eine silberne Plombe, befestige sie an dem schweren Eisenriegel, und Palmer sicherte zusätzlich die Türen mit einem großen Sicherheitsschloss. Einen Schlüssel steckte er ein, der andere kam zu den Schiffspapieren in einen Umschlag. Palmer prüfte ein zweites Mal, ob die Container-Türen korrekt verschlossen waren, und verließ den Hafen, nachdem er den Umschlag im Büro des Hafenmeisters abgegeben hatte.

Mittwoch früh würde der Container auf einen unter liberianischer Flagge fahrenden Frachter verladen, der über die kanarischen Inseln und Nordafrika nach Rotterdam fahren würde. Von dort sollte der Container per Lkw nach Hamburg transportiert werden.

Palmer hatte seine Aufgaben erledigt und reagierte verwundert, als Joana ihm im Büro der *Quebra Canela* sagte, dass jemand aus Hamburg angerufen habe.

»Eine Frau hat gesagt, du sollst zurückrufen.« Sie zeigte ihm die von ihr aufgeschriebene Telefonnummer und fragte: »Ist das das Büro von deinem Chef?«

»Ja, der wird sich wundern, wenn ich ihm sage, dass der Container verschlossen und startklar im Hafen steht«, antwortete Palmer.

Das Gespräch mit Helm dauerte keine zwei Minuten. Er

hatte sich nur erkundigen wollen, ob die Kaffeelieferung fertig sei.

Nur wenige, weiße Wolken zeigten sich am Himmel, das düstere Grau des Wochenendes mit leichtem Nieselregen war verzogen. Der Seegang erinnerte noch daran, dass über den Atlantik ein kräftiger Nordwestwind gegangen war.

Palmer blickte auf seine Armbanduhr: In etwa sechsunddreißig Stunden würde der Container auf den Frachter geladen. Er fühlte, ob er sein Handy bei sich trug. Denn jede Minute rechnete er mit einem Anruf von Lancer, dass seine Mitarbeiter im Hafen etwas Ungewöhnliches bemerkt hätten. Aber nichts geschah, das Handy und auch das Bürotelefon blieben stumm.

Im Nachbarbüro unterstützte Joana Palmer bei seiner Arbeit. Über das Internet versuchte sie neue Kontaktadressen zu weiteren kapverdischen Kaffee-Anbauern zu finden. »Ich will hier nicht untätig rumsitzen, und du hast allein alle Arbeit«, hatte sie ihm gesagt. Palmer war glücklich, dass sich seine Freundin Gedanken darüber machte, wie der Kaffeehandel zwischen den kapverdischen Inseln und Deutschland weiter ausgebaut werden konnte.

»He«, rief Palmer ins benachbarte Büro, »willst du meinen Job übernehmen?« Er lachte laut und sagte mehr zu sich: »Eine bessere Mitarbeiterin könnte ich mir nicht vorstellen.«

Palmer musste am Nachmittag zum Schiffsagenten, um für den Schiffstransport einen Scheck zu übergeben. »Ich bin übers Handy erreichbar, ruf mich bitte gleich an, falls Lancer sich meldet«, sagte er zu Joana, als er sich im Büro von ihr zärtlich verabschiedete und in den Stadtteil Achada Grande oberhalb des Hafens fuhr.

Er machte einen kurzen Abstecher zur Firma von Miguel. Die Missstimmung zwischen beiden Männern schien verflogen zu sein, als sie sich in der Lagerhalle von *Café de Cabo Verde* trafen.

»Vierzig Tonnen Rohkaffee sind verpackt, Miguel, das Geschäft läuft prima«, sagte Palmer und begrüßte seinen portugiesischen Partner.

Miguel kontrollierte gerade Kaffeeproben aus Brasilien, und beide Exporteure unterhielten sich über die Qualitätsunterschiede.

»Erstklassiger Arabica ist das, Caturra und Mundo Novo, habe ich aus Fortaleza mitgebracht«, sagte Miguel und zeigte Palmer zwei Tüten mit den rohen, hellbraunen Bohnen. Kein Wort fiel zwischen beiden Männern über das Drogengeschäft.

Es interessiert ihn nicht oder er hat wirklich nichts mit der Sache zu tun, dachte Palmer, als er mit seinem Landrover über die Straßen der Achada Grande zum Schiffsagenten fuhr, um den Scheck zu überreichen.

Fast enttäuscht nahm er in der *Quebra Canela* von Joana die Information entgegen, dass Lancer sich in seiner Abwesenheit nicht gemeldet hatte. Sie saßen auf der Terrasse, tranken einen mit Vermouth, Gin und Campari gemischten Cocktail und blickten auf die untergehende Sonne. Knapp zwei Wochen kannte Palmer jetzt seine Freundin, lebte und arbeitete jetzt sogar mit ihr zusammen und hatte fast das Gefühl, dass er Joana schon immer an seiner Seite gehabt hatte.

Die Sonne versank im Meer und schnell war die Dunkelheit über die afrikanische Insel hereingebrochen. Eng aneinander geschmiegt beobachten Palmer und Joana den tiefschwarzen Himmel, an dem jetzt immer mehr Sterne funkelten.

5. Kapitel

Im Hafen der kapverdischen Hauptstadt Praia war es an diesem Abend fast gespenstisch ruhig. Schwache Lampen an hohen Masten tauchten die braunen, blauen und orangefarbenen Container in ein diffuses Licht. Vom kleinen Fischereihafen zog der Geruch von Fisch und Meer über das Hafengebiet.

Zwei Männer hielten sich zwischen mehreren, nebeneinander stehenden Containern auf. Von hier aus konnten sie den verschlossenen Blechriesen von Palmer beobachten. Beide trugen einen Smith&Wessen-Revolver mit hölzernem Griff, vor ihnen stand ein ausgeschalteter Handscheinwerfer.

Einer der Polizisten beobachtete die Szenerie mit einem Nachtsichtgerät, das auch jetzt in der Dunkelheit durch einen Restlichtverstärker und Infrarot alles erkennen ließ. In der Stille des Hafens sprachen sie kein Wort.

Plötzlich tippte der jüngere Polizist seinem Kollegen auf die Schulter und deutete mit dem Kopf in Richtung Kaimauer. Dort kam ein Mann im dunklen Overall, in der Hand trug er eine offenbar gefüllte Segeltuchtasche. Tagsüber würde er hier nicht auffallen, weil er die Arbeitskleidung der Hafenarbeiter trug. Aber jetzt am späten Abend war die zweite Schicht längst beendet und niemand außer den Wachleuten am Eingang zum Hafen arbeitete hier noch. Vermutlich war der Mann über den Fischereihafen auf das Containergelände gekommen und hatte einen hohen Eisenzaun überklettert.

Jetzt konnten die beiden Polizisten auch ohne Nachtsichtgerät erkennen, dass der sich vorsichtig und immer wieder umschauende Mann ein Schwarzafrikaner war, der trotz Dunkelheit eine große Sonnenbrille trug. Dicht an die Container gedrängt ging er mit langsamen Schritten fast direkt auf die Polizisten zu, die sich zwei Schritte zurückbewegten, um nicht entdeckt zu werden.

Vor den Containertüren stellte er jetzt seine Tasche ab. Er blickte hinter sich, nach rechts und nach links und zog dann im Zeitlupentempo den Reißverschluss der Tasche auf. Er griff in sie hinein und hielt eine Art Schlüssel, den die Polizisten aus der Distanz nicht erkennen konnten, in der Hand.

Der jüngere Polizist zuckte, wollte aufspringen, aber der ältere packte ihn blitzschnell am Arm und hob die andere Hand. In einer Entfernung von weniger als zehn Metern beobachteten sie, wie der Afrikaner möglicherweise mit einem Draht am Schloss hantierte. Immer wieder versuchte er mit stochernden Bewegungen, das Sicherheitsschloss zu öffnen.

Plötzlich fiel es mit schepperndem Geräusch auf den Asphalt. Bewegungslos blieb der Mann stehen und legte dann vorsichtig sein Arbeitsgerät neben seine Tasche. Wieder guckte er um sich und fühlte sich offenbar in Sicherheit.

Jetzt nahm er den schweren Riegel der Türen in beide Hände und schob ihn millimeterweise nach oben, riss die Plombe ab und öffnete den Container. Er bückte sich, holte aus der Segeltuchtasche ein Paket und drängte sich in den mit Rohkaffee gefüllten Container. Die Dunkelheit verschluckte ihn jetzt, nur sein Rücken war zu sehen.

Die beiden Polizisten blickten sich kurz an, nickten sich zu, zogen ihre Revolver und stürmten auf den Container zu.

»Para, nao se mexer!«, brüllte der junge Polizist mit warnender Stimme. »Halt, bewegen Sie sich nicht!« Er drückte mit aller Gewalt den Afrikaner in den Container.

Zwischen den Eisentüren und den Kaffeesäcken wurde der Mann eingeklemmt. Er fluchte unverständliche Worte.

Der ältere Polizist riss Handschellen von seinem Gürtel, öffnete die Containertür einen Spalt und drückte den Mann mit seinem Knie gegen die Kaffeesäcke. Blitzschnell packte er die Arme des Afrikaners und die Handschellen klickten.

* * *

Palmer strich Joana über ihr dunkles, welliges Haar, als plötzlich das Telefon im Wohnzimmer schrillte. Er sprang aus seinem Stuhl, stürzte an das schwarze Stehpult, griff den Hörer und sagte laut: »Ja?«

Es war Lancers Stimme, der nur sagte: »Kommen Sie in den Hafen!« Sofort legte er wieder auf.

Palmer hastete zurück auf die Terrasse: »Das war Lancer, ich soll zum Hafen kommen!« Er stürzte die Treppen zum Vorgarten hinunter. Er riss die Tür seines Wagens auf, wendete mit durchdrehenden Reifen und jagte mit viel zu hohem Tempo in Richtung Hafen. Der Wagen sprang rumpelnd durch die Schlaglöcher. Auf der asphaltierten Straße gab Palmer noch mehr Gas, raste parallel zur Bucht an anderen Autos vorbei und bog mit quietschenden Reifen ab zum Hafen.

Hupend bremste er vor den geschlossenen Schranken vor dem Eingang zum Hafengebiet. Palmer rief den Wachleuten zu, ihn durchfahren zu lassen und Sekunden später stoppte er mit blockierenden Rädern hinter seinem Container.

Drei Polizeifahrzeuge standen quer vor ihm, ihre Blaulichter zuckten durch die Dunkelheit. Palmer sprang aus seinem Wagen, lief zum Container und konnte es nicht fassen: Sechs uniformierte Polizisten standen vor den geöffneten Türen des Blechriesen. Die Lichtkegel ihrer Taschenlampen leuchten in den Container.

Polizeichef Lancer kam auf Palmer zu: »Kennen Sie den

Mann?«, fragte er und zeigte auf einen Schwarzafrikaner, der an einem Handgelenk mit Handschellen an einen Polizisten gefesselt war.

Palmer schaute hin und nickte: Es war der etwa Vierzigjährige, den er in dem Haus kurz gesprochen hatte, in dem er Nenezinho gesucht hatte. Seine Goldkette mit Kreuz glitzerte auf, weil Lancer ihn mit seiner Taschenlampe anleuchtete. Auch jetzt in der Dunkelheit trug der Afrikaner seine Sonnenbrille.

»Hat er«, Palmer deutete mit dem Kopf auf den Mann, »den Container aufgebrochen?«

Lancer nickte. »Vor knapp einer Stunde haben meine Mitarbeiter ihn dabei beobachtet. Er hatte acht Kilo Kokain bei sich.« Der Polizeichef drehte den Kopf zu Palmer: »Kokain, das er in Ihren Container packen wollte.«

Palmer ließ sich über die Festnahme des Afrikaners, der sich Castro nannte und nach Lancers Vermutung kein Kapverdianer war, informieren. Er hatte das simple Vorhängeschloss mit einem Dietrich geöffnet und die Plombe abgerissen.

Palmer erzählte, wo er den Mann getroffen hatte. »Er sprach kaum ein Wort zu mir und an seiner Aussprache habe ich gemerkt, dass er nicht von den Inseln kommen kann.« Aufgeregt erklärte Palmer dem Polizeichef, dass der Afrikaner offenbar in dem Haus wohnte, wo auch sein junger Wachmann bis vor einigen Tagen gelebt hatte. »Das Haus gehört dessen Onkel, und mein Wachmann hat mir erzählt, dass beide Männer ihn zusammengeschlagen haben. Der Onkel muss also von diesem Drogenhandel gewusst haben, Senhor Lancer. Haben Ihre Leute ihn hier nicht gesehen?«

Lancer schüttelte den Kopf und machte ein wütendes Gesicht. »Dieser Castro war allein hier. Nachdem sie bei Castro nach seinem Neffen gefragt haben, scheint der Kerl gemerkt zu haben, dass er in eine brenzlige Situation kommen könnte. Wir haben sein Haus observiert, aber der Mann war wie vom Erdboden verschwunden. Hat sich vermutlich an anderer Stelle auf seine nächtliche Aktion hier im Hafen vorbereitet. Und er schweigt, wenn wir ihn über die Herkunft der Drogen befragen. Ein zäher Bursche.« Er ging zu dem Polizisten, an den der Afrikaner gefesselt war: »Bringen Sie ihn ins Präsidium«, sagte er kurz und kam dann wieder zu Palmer. Der Polizeichef drückte ihm die Hand. »Danke für Ihre Kooperation, Senhor Robert. Sie haben uns sehr geholfen!« Als er ging, drehte er sich noch mal um. »Vergessen Sie nicht, Ihren Container zu verschließen. Drüben im Hafenbüro hat man eine neue Plombe für Sie.«

Palmer schob die schweren Eisentüren des Containers zu und verriegelte sie, als die Polizeifahrzeuge abfuhren.

Nachdem der diensthabende Zöllner erneut den Container mit einer Bleiplombe verschlossen hatte, verließ Palmer erleichtert den Hafen, war aber dennoch unruhig. Die Vernehmungen von Castro würden vielleicht zu Tage bringen, wer die Drogen nach Praia geschmuggelt hatte. Wie und von wem sie in Hamburg aus dem Container geholt werden sollten, war ebenso noch nicht geklärt. Das Geständnis von Helm ging ihm durch den Kopf, der behauptet hatte, er hätte nie direkten Kontakt mit dem Kokain gehabt.

Gespannt lauschte Joana, als Palmer ihr in der *Quebra Canela* von der Festnahme des Afrikaners Castro erzählte, und sagte dann. »Castro ist in den Händen der Polizei. Gott sei Dank. Jetzt müssen die Behörden in deiner Heimat nur aktiv werden. Jetzt muss man sich deinen Chef vornehmen.«

»Dann wird man alle haben. Alle, bis auf die, die das Zeug vermutlich von Südamerika hierher nach Praia transportiert haben.« Er fügte hinzu: »Und ich möchte wissen, was mit

Carla Lancer passiert ist. Der Polizeichef hat gesagt, sie sei woanders umgebracht worden und erst dann soll man sie in mein Büro geschleppt haben.« Er schüttelte verzweifelt den Kopf. »Wofür hab ich nur Wachleute eingestellt?«

Sein Chef Dr. Helm ging Palmer an diesem Abend nicht aus dem Kopf. Er hatte sich bei ihm erkundigt, ob die Kaffeelieferung nach Deutschland schiffsklar sei und Palmer war sich sicher, dass er damit lediglich die Drogen gemeint hatte.

Je nach Wind und Seegang würde der Frachter acht bis zehn Tage bis Rotterdam brauchen. Bestimmt zwei weitere Tage würden vergehen, ehe der Container dann von einem Sattelschlepper nach Hamburg transportiert werden würde. Die genauen Termine wollte er sich morgen vom Schiffsagenten geben lassen.

Als er in dieser Nacht nach einer halben Flasche *Borba* neben der tief schlafenden Joana im Bett lag, kreisten seine Gedanken noch immer um Helm. Ich wär' gern dabei, wenn er erfahren wird, dass nicht ein Gramm Kokain in meinem Container ist, dachte er.

Wieder und wieder sah er dann das Gesicht von Carla Lancer vor sich. Palmer erinnerte sich an den Morgen nach seiner Rückkehr aus Hamburg, an den süßlich-grausamen Geruch im Büro, an die tot am Schreibtisch liegende Kapverdianerin. Welche Rolle spielte sie in diesem mörderischen Drogengeschäft? Warum war sie getötet worden? Wer hatte sie umgebracht? Spielte Helm auch da ein falsches Spiel und hatte ihren Tod veranlasst? Mit Überlegungen, wie sein Leben dann auf den kapverdischen Inseln weitergehen würde, schlief er ein.

* * *

Elf Tage zuvor steht der Landrover von Robert Palmer im Zentrum der kapverdischen Hauptstadt Praia. Es ist bereits später Abend, die Geschäfte sind längst verschlossen, der Marktplatz, auf dem sich tagsüber die Menschen drängen, liegt verlassen da. Aus dem Wagen steigt die blonde Carla Lancer, unter dem Arm trägt sie einen dünnen Aktenordner. Sie überquert mit ihren eleganten, dünnen Schuhen die Kopfsteinpflaster-Straße und geht in eine kleine Bar. Hinter der mit gehobelten Brettern verkleideten Theke poliert ein junger Mann Gläser, blickt kurz auf, als er die Frau sieht, nickt und geht weiter seiner Beschäftigung nach. Carla Lancer setzt sich in eine hintere Ecke des nur schwach beleuchteten Lokals, schlägt den Ordner auf und blättert die eingelegten Seiten durch. Mit einem Kugelschreiber notiert sie auf eine freie Seite Zahlenkolonnen und rechnet. Sie streicht sich die blonden, langen Haare aus dem Gesicht und blickt zu dem Barkeeper.

»Eine Caipirinha, mit viel Zucker«, ruft sie dem Mann zu.

Der dunkelhäutige Kapverdianer nickt erneut, macht das Getränk mit schnellen, geschickten Handgriffen für seinen einzigen Gast fertig, steckt einen Strohhalm in das Glas und bringt es an den Tisch von Carla. Kein Wort fällt zwischen den beiden. Sie rührt die Caipirinha mit dem Strohhalm, nimmt einen kleinen Schluck und blickt auf ihre schmale, goldene Armbanduhr. Es ist kurz nach 22 Uhr.

Wenige Augenblicke später wird die gläserne Pendeltür der Bar geöffnet. Zwei Afrikaner betreten das Lokal. Beide tragen modische Jeans mit Stickereien auf den Taschen. Der Ältere hebt kurz seine Sonnenbrille hoch, blickt sich in dem diffusen Licht um, murmelt zu seinem Begleiter wenige Worte und dann gehen beide an den Tisch von Carla Lancer.

Mit einem *»Boa noite«* begrüßen die Männer die große Frau.

Sie lächelt kurz. »Ich warte schon seit einer halben Stunde

auf sie, Castro«, sagt Carla zu dem Mann mit der Sonnenbrille. Der zuckt nur mit den Schultern, dreht den Kopf zum Barkeeper, bestellt zwei Flaschen Bier und beide setzen sich an den Tisch. Sie warten, bis der Kellner die eiskalten Flaschen vor sie stellt und rücken dann dichter zusammen.

Carla Lancer spricht mit Castro und seinem Begleiter ausführlich und immer wieder mit bestimmenden, fast herrschenden Worten über Geld, viel Geld. Von mehr als einer halben Million US-Dollar ist die Rede. »Zehn Prozent für sie beide, mehr ist nicht drin. Ich habe das Geschäft eingefädelt, für mich mindestens wie bei den vergangenen Lieferungen 25 Prozent.«

Castro schüttelt fast unmerklich den Kopf, steht auf, geht zum Barkeeper, um mit ihm leise zu sprechen und setzt sich wieder an den Tisch. Leise, aber mit scharfen Worten reden die drei weiter, bis der Mann von der Theke neue Getränke bringt. Castro stößt mit Carla Lancer an, sie nimmt einen großen Schluck.

Wenige Minuten später scheint die blonde Frau nach vorn zu fallen. Castro drückt sie mit seinem kräftigen Arm zurück in den Stuhl. Sie reißt die Augen weit auf, will etwas sagen, bringt aber kein Wort heraus. Ihre Augenlider fallen zu, der Mund bleibt offen stehen. Castro zischt seinen Partner an, den Wagen von Carla Lancer vor die Bar zu fahren.

Augenblicke später liegt die Frau auf der Rückbank des Landrovers. Castro beugt sich vom Beifahrersitz nach hinten zu der scheinbar leblosen Frau, der andere Afrikaner startet den Wagen und steuert ihn in Richtung des südlichen Stadtteils Praihna. Aus seiner Jackentasche zieht Castro ein kleines, mit einem Tuch umwickeltes Päckchen, öffnet es und zieht eine Spritze heraus. Er sticht die Nadel in den Unterarm und drückt mit dem Spritzenkolben den weißlichen Inhalt in die Vene von Carla Lancer.

Es ist kurz vor Mitternacht, als der Landrover vor dem Haus in der *Quebra Canela* stoppt. Leise steigen die beiden Männer aus dem Wagen, zerren aus dem Fond die bewegungslose Frau und schleifen sie schwer atmend in das Büro der verlassenen Villa. Sie setzen den Körper an einen Schreibtisch, schütten den Inhalt der Tasche auf den Boden, verschließen die Tür und verlassen den Stadtteil.

* * *

Am nächsten Vormittag fuhr Palmer erneut in den Hafen, um nochmals seinen Container zu kontrollieren. Im Büro des Schiffsagenten ließ er sich die genauen Termine des Schifftransports geben und kalkulierte das Eintreffen seiner Kaffeeladung in Hamburg. Er fuhr weiter zur Kaffeefirma, aber Miguel war nicht im Büro auf der *Achada Grande*.

Als er wieder nach Hause kam, sah er schon von Weitem den weißen Jeep seines portugiesischen Geschäftsfreundes. Miguel saß zusammen mit Joana in seinem Büro, als Palmer die Tür öffnete.

Miguel sprang auf: »Ganz Praia spricht schon davon, dass du einen riesigen Drogenschmuggel verhindert hast.« Er schüttelte Palmer die Hand und ließ sich die Ereignisse des Abends erzählen. Mit einem leichten Grinsen meinte Miguel: »Und? Bin ich noch immer dein Verdächtiger?«

Palmer winkte ab, überlegte kurz, ob er mit Miguel überhaupt über das Thema reden sollte, aber er war sich sicher, dass der Portugiese bereits so viel wusste, dass es auch Lancer klar sein musste, dass Miguel zu den Eingeweihten gehörte. »Aber woher hatte denn dieser Castro das Zeug? Und für wen es tatsächlich bestimmt sein sollte, wissen wir auch nicht, Miguel.« Er atmete erleichtert durch. »Du kannst dir vorstellen, dass ich verdammt froh bin, dass die Polizei diesen Afrikaner festgenommen hat. Es hätte auch passieren können, dass ich jetzt mit Handschellen im Präsidium sitze. Nach dem, was hier vorgefallen ist ...«, Palmer hob beide Hände. »Schließlich war das mein Container, den er benutzt hat. Und wahrscheinlich ja nicht zum ersten Mal.«

Zu dritt stellten sie jetzt Spekulationen an, wie die Drogen nach Praia gekommen sein konnten. »Lasst uns im Hotel zu Mittag essen«, schlug Miguel vor und sagte lachend: »Wir müssen doch unseren neuen Drogenfahnder feiern.«

Schon beim Mittagessen überfiel Palmer wieder eine innere Unruhe. Was würde der Afrikaner Castro inzwischen bei dem Verhör im Präsidium gesagt haben? Und war er auch verantwortlich für den Tod von Carla Lancer? Als sie sich bei der kapverdischen Kellnerin Espresso bestellten, drängte Palmer zum Aufbruch.

»Ich will noch mal mit Lancer sprechen. Dieser Castro wird nicht die ganze Zeit schweigen können.« Er gab der Kellnerin ein Zeichen, dass er bezahlen wollte.

Vor dem Hotel *Praia Mar* trennte sich Miguel Santos von Palmer und Joana. Er fuhr in Richtung Stadt, und Palmer ging mit seiner Freundin Hand in Hand zurück zum Haus. Im Büro rief er bei Lancer an, der ihm signalisierte, dass er ins Präsidium kommen könne.

Eine Stunde später war er im Büro des Polizeichefs. Lancer saß hinter seinem Schreibtisch.

»Senhor Lancer, ich bin froh, dass Ihre Mitarbeiter den Mann gestellt haben. Hat er denn inzwischen irgendetwas erzählt?« Palmer zögerte, fragte aber dann: »Hat er Ihre Schwester ...?« Er beendete den Satz nicht, aber Lancer wusste natürlich, was Palmer erfahren wollte.

Der Polizeipräsident blickte ruhig auf Palmer, stützte die

Ellenbogen auf seinen Schreibtisch und nickte langsam den Kopf. »Dieser Castro hat etwas mit dem Mord an meiner Schwester zu tun. Aber der Mann hat nur nach Aufträgen gehandelt, das scheint klar. Er gibt nur zögernd Antworten, hat uns sicher noch nicht die volle Wahrheit, die ganze Geschichte erklärt.« Lancer blickte mit ernstem Gesicht auf den Deutschen. »Senhor Robert, der Mann in Hamburg, ihr Chef, hat er von Ihnen irgendetwas erfahren? Haben Sie mit ihm über die letzten Vorfälle gesprochen?«

Palmer hob die Hände. »Nein, Senhor, nein, kein Wort. Er weiß nichts von alldem.« Palmer ließ die Arme sinken. »Nur vom Tod von Carla hatte ich ihm natürlich erzählt!«

»Schweigen Sie weiter, sagen Sie nichts, zu niemandem. Nicht hier in Praia und schon gar nicht gegenüber ihren Partnern in Deutschland. Das könnte meine Ermittlungen mit einem Schlag zunichte machen. Die Ermittler in Hamburg sind von mir längst informiert und warten nur darauf, dass ich ihnen ein Signal gebe.«

Er sah auf seine Unterlagen, und Palmer hatte den Eindruck, der Polizeichef würde aus Verzweiflung seinen Kopf schütteln. Lancer hob dann den Kopf und sah eindringlich auf Palmer. »Sie haben sehr viel zur Aufklärung des Mordes und der Drogen getan. Ohne Sie hätten wir die Sache nicht so schnell aufklären können.«

Palmer beugte sich in seinem Stuhl vor. »Aber was ist mit Ihrer Schwester geschehen? Warum musste Carla sterben, Senhor Lancer?«

»Es ging um Geld«, antwortete der Offizier mit leiser Stimme. »Es ging natürlich nur um Geld. Castro, sein Partner und«, Lancer atmete tief durch, »ja und auch meine Schwester wollten mehr und mehr Geld. Die beiden Männer haben sich mit ihr getroffen, es muss einen verdammten Streit um das Geld gegeben haben, und das hat dann zum Tod von Carla Lancer geführt.«

Palmer stellte eher nebenbei fest, dass der Polizist von seiner Schwester wie von einer Fremden sprach. Der Deutsche versuchte, sich auf die Worte von Lancer zu konzentrieren.

»Ich nehme an, sie haben den Leichnam in ihr Büro geschafft, um die Schuld auf ihren jungen Wachmann zu lenken. Der aber hatte den beiden nur den Schlüssel geben müssen und war von ihnen nachts weggeschickt worden.« Er machte eine kurze Pause, sagte dann: »Das war dann eine ganz leichte Sache.«

Palmer atmete tief durch. Fast fühlte er Mitleid mit Carla Lancer. Er bewunderte in diesem Moment den Polizeichef, der ohne jegliche Emotionen vom Mord an seiner Schwester gesprochen hatte.

Lancer stützte den Kopf in eine Hand, als er sagte: »Senhor Robert, ich muss es ihnen nochmal sagen: Sprechen Sie bitte draußen nicht über das, was ich Ihnen jetzt gesagt habe.« Er hielt einen Bleistift in der Hand und kritzelte auf seiner Schreibunterlage. »Das wär' auch für mich und meine Position hier in Praia unter Umständen verdammt schlecht.« Er schluckte. »Die Schwester des Polizeipräsidenten verwickelt in Drogenhandel, das darf nicht sein.« Wie zur Bestärkung schüttelte er den Kopf.

Palmer stand auf, ging um den Schreibtisch des Polizeioffiziers und gab ihm die Hand. »Das geht in Ordnung, Senhor Lancer. Sie können sich auf mich verlassen!«

»Über die Herkunft des Kokains wissen wir leider noch nichts, Castro schweigt dazu«, sagte Lancer, als Palmer sich von ihm verabschiedete.

* * *

Am nächsten Vormittag nahm Palmer Joana an die Hand. »Lass uns die ganze Geschichte für einen Moment vergessen, du hast es verdient, ein wenig Abwechslung zu bekommen.«

Sie stiegen in den Landrover und fuhren nordwärts aus der Hauptstadt der kapverdischen Inseln in Richtung Sao Domingos. Hinter den letzten Ausläufern der Stadt bereitete sich eine atemberaubend schöne Landschaft mit grün schimmernden Hügeln, Akazienhainen und bewirtschafteten Feldern aus. Sie fuhren vorbei an Bohnen- und Maisfeldern und bogen am Ortsende der kleinen Stadt Sao Domingos ab zum Naturpark *Serra do Pico d'Antonio*. Zwischen steilen Klippen und bizarren Felsformationen steuerte Palmer den Geländewagen in den Serpentinen bergauf bis zur *Quinta da Montanha*. In der kleinen Pension mit Restaurant und einem phantastischen Weitblick über das südliche Santiago bestellten sie ihr Mittagessen, das aus der eigenen Landwirtschaft des Gasthauses zubereitet wurde.

Eine junge Frau brachte einen Krug Wein, als Palmer seine Freundin anlächelte und sagte: »Ich hatte eigentlich gesagt, über diese Drogengeschichte heute nicht mehr sprechen zu wollen. Aber da ist noch etwas.«

Joana blickte überrascht zu Palmer und füllte die beiden Gläser. »Noch etwas Schreckliches, Robert?«

»Ich weiß es nicht«, sagte er, lächelte Joana an und legte seine Hand auf ihren Arm. Er zögerte und meinte dann: »Ja, das Geld. Du hast davon gehört, als ich es Lancer sagte. Das Geld hat mir mein Chef in Hamburg untergeschoben. Es sollte eine Art Schweigegeld sein, denn offenbar war ihm klar, dass ich über kurz oder lang von dem Drogenhandel erfahren würde.« Robert nahm einen Schluck von dem Wein und hielt sich mit beiden Händen an dem Glas fest. »Lancer hat mich bisher keinmal auf das Geld wieder angesprochen. Es scheint ihm völlig egal zu sein. Und ich weiß nicht, wie ich damit umgehen soll. Das sind 200.000 Euro, eine Summe, mit der man verdammt viel anfangen kann.

Die Kellnerin servierte für Palmer und Joana einen großen Teller mit *Garoupa, Polvo* und *Serra,* schmackhaft auf dem Grill zubereiteter Fisch, dazu gedünstetes Gemüse und Kartoffeln.

Joana blickte Palmer an. »Und am liebsten würdest du das Geld jetzt behalten?«

Palmer nickte leicht: »Nun ja, wenn ich ehrlich bin, eigentlich schon, aber dann doch wieder nicht.« Robert machte ein ernstes, fast sorgenvolles Gesicht. »Es handelt sich um ganz mieses Drogengeld. Helm wird das Geld nicht wiedersehen. Das ist klar. Dem wird etwas ganz anderes blühen. Ich habe schon überlegt, ob ich dieses Geld einfach in die Hand nehmen soll, um es der Polizei auf den Tisch zu schmeißen. Niemand wird behaupten können, ich hätte gewusst, dass das Geld aus dem Drogenhandel stammt. Es könnte genauso gut eine Art Abfindung sein.«

Sie genossen auf der Terrasse der *Quinta da Montanha* den Fisch und bestellten sich als Dessert *Doce de Papaya* mit Ziegenkäse und zwei Espressi.

Palmer lehnte sich zurück und blickte in das Tal des Pico d'Antonio. Die Ungewissheit, wie es mit ihm weitergehen würde, quälte ihn.

Über kleine, holprige Straßen fuhren Joana und Palmer am frühen Nachmittag an der Ostküste von Santiago zurück in die Hauptstadt Praia. Im Zentrum stoppte Palmer den Wagen am Rand des Marktes von Sucupira, und Hand in Hand schlenderten sie durch die engen Budengassen, wo Afrikaner und Chinesen billigste Kleidung, Schuhe und Haushaltswaren anboten.

Als sie zwei Stunden später in die *Quebra Canela* einbogen, stieß Palmer Joana an und deutete auf sein Haus. Vor dem Gartentor stand ein Polizeiwagen.

»Was wollen die schon wieder bei uns?«, fragte er. Palmer bremste den Landrover hinter dem blauweißen Fahrzeug der *Guarda Civil* und sprang aus dem Auto.

Im gleichen Moment gingen Fahrer- und Beifahrertür des Polizeifahrzeugs auf und zwei uniformierte Polizisten kamen auf Palmer zu.

»Sind Sie Senhor Robert Palmer?«, fragte einer der beiden. Als Palmer nickte, sagte der Polizist nur: »Sie kommen mit uns«, und zeigte auf den Polizeiwagen.

»Wieso, was ist denn los?«, fragte Palmer und guckte fragend erst die beiden Polizisten an und dann Joana.

Jetzt kam der andere Polizist auf Palmer zu und sagte in deutlichem Befehlston: »Stellen Sie keine Fragen, steigen Sie ein.«

Mit kräftigem Griff packte er Palmer am Arm und zog ihn zur Hintertür seines Wagens.

Palmer war blass geworden. Er blickte auf Joana. Ihre Augen waren feucht, sie konnte kein Wort herausbringen.

»Senhor Robert«, rief jetzt Henrique, der im Vorgarten des Nachbargrundstücks mit Josés Wachmann Abdulei gesprochen hatte. Der große Mann stand plötzlich mit geballten Fäusten vor den Polizisten, als ob er seinen Boss vor den Uniformierten beschützen wollte.

Palmer rief: »Das kann alles nur ein Irrtum sein!« Er riss aus seiner Hosentasche den Hausschlüssel und warf ihn Joana zu. »Bleib' im Haus, Joana«, konnte er ihr gerade noch zurufen, als er von dem kräftigen Polizisten in das Auto gedrängt wurde.

Henrique schimpfte laut auf Kreolisch, und Joana blickte

mit Tränen in den Augen und offenem Mund dem Wagen hinterher.

Palmer saß auf der Rückbank des Polizeiwagens. »Was wollen Sie denn von mir? Was hab ich gemacht? Wieso nehmen Sie mich mit?« Palmer wunderte sich selbst, wie ruhig seine Stimme war.

Keiner der beiden Polizisten antwortete ihm, als der Wagen in schnellem Tempo in Richtung Zentrum fuhr. Palmer merkte, wie seine Hände feucht wurden. Er hatte Angst, obwohl er wusste, dass sich schnell herausstellen musste, dass er völlig grundlos von der Polizei mitgenommen worden war.

Vor dem Polizeipräsidium auf dem Plateau stoppte der Wagen. Die Polizisten nahmen Palmer zwischen sich und gingen mit schnellen Schritten in das alte Gebäude.

Palmer atmete tief durch. Gleich würde er im Büro des Polizeipräsidenten sitzen, und Lancer würde sehr schnell feststellen, dass sein unfreiwilliger Besuch im Präsidium ein fataler Irrtum war. Vielleicht wollte Lancer auch nur noch ein paar Fragen klären und seine beiden Polizisten hatten sich in ihrem Ton und Verhalten daneben benommen. Doch statt die hölzerne Treppe zu Lancer in den ersten Stock des Hauses zu gehen, gingen die Polizisten mit Palmer durch den ockerfarbenen Flur in den Innenhof.

Ein schwergewichtiger Polizist stand breitbeinig vor einer hölzernen Tür. Die drei Uniformierten wechselten wenige Worte, von denen Palmer nur das Wort *drogas* verstand. Es konnte also nur um das Kokain gehen. Um die Drogen, die in seinem Container versteckt werden sollten.

Palmer stockte der Atem, als er in die Tür hineingezogen wurde. »Ich will mit Ihrem Präsidenten sprechen«, sagte er jetzt zu den Polizisten.

Die Männer von Lancer aber reagierten nicht. Sie sprachen

kein Wort mit Palmer. Der dicke Polizist hatte Palmer am Handgelenk gepackt und zog ihn hinter sich her durch einen schwach beleuchteten Korridor. Aus der Hosentasche zog er ein großes Schlüsselbund, schloss eine schwere Eisentür auf und schob Palmer in den dunklen Raum.

»Setzen«, herrschte der Mann Palmer an und zeigte auf das verrostete Metallgestell mit einer völlig verdreckten Matratze. Er drehte eine Glühbirne in eine von der Decke hängende Fassung. Schwaches Licht beleuchtete den kleinen Raum.

»Senhor, wo ist Ihr Chef? Sie müssen mich zu ihm bringen, Senhor Lancer kennt mich. Er weiß, dass ich kein Drogenhändler bin, ich habe nichts mit all dem zu tun!« Palmers Stimme zitterte. Schweiß stand ihm auf der Stirn. Fast flehend schaute er den dicken Polizisten an.

Der Mann aber reagierte nicht. Kein Wort kam aus seinem Mund. Er drehte sich, verließ den Raum und verschloss unüberhörbar die Tür.

Palmer nahm erst jetzt wirklich zur Kenntnis, dass der in eine Gefängniszelle gebracht worden war. Erst langsam konnte er sich in dem fahlen Licht orientieren. Nichts stand in dem kleinen Raum außer dem Bettgestell. Gemauerter Fußboden, dunkle, feuchte, fast nasse Wände, kein Fenster, statt einer Toilette in einer Ecke ein Loch im Boden. Der Gestank in dem Raum war fast unerträglich. Die Luft warm und feucht.

Er zog seine Jacke aus und griff in die Taschen. Die Polizisten hatten ihm nichts abgenommen. Portemonnaie, Zigaretten und Feuerzeug und sein Handy legte er neben sich. Palmer nahm das Telefon und stellte erleichtert fest, dass das Display einen schwachen Empfang zeigte.

Er wählte die Nummer vom Haus an der *Quebra Canela*. Joana meldete sich und Palmer erzählte ihr mit gedämpfter

Stimme, wo er sich aufhielt. »Joana«, flüsterte er, »ruf José an, er wird mir helfen können.« Palmer überlegte kurz und sagte dann: »Ruf auch Miguel Santos an. Diese Idioten hier meinen, ich hätte etwas mit den Drogen zu tun. Das ist der Dank, dass ich Lancer bei den Ermittlungen geholfen habe.« Palmer merkte, dass Joana weinte. Er versuchte, sie zu trösten. »Ich werd schnell wieder bei dir sein. Ich brauche dich jetzt, Joana. Bitte ruf die beiden schnell an, ich will hier nicht noch viele Stunden verbringen. Die Nummern findest du in meinem Register, mach schnell.« Plötzlich merkte Palmer selbst, dass er sich seiner Situation nicht sicher war. Dennoch sagte er: »Ich bin mir sicher, dass ich nachher schon wieder bei dir sein werde. Die können mich hier nicht einfach sitzen lassen, ohne dass ich mit Lancer reden kann.« Er machte eine Pause und bat dann Joana noch mal, schnell bei seinem Freund und Nachbarn und beim Chef der Kaffeefirma anzurufen. »Ich melde mich in einer halben Stunde wieder bei dir, ruf du mich nicht an. Ich will nicht, dass sie merken, dass ich mit dir in Kontakt stehe. Ich liebe dich, Joana, bis gleich!«

Palmer beendete das Gespräch und atmete tief durch. Er fühlte sich erleichtert. Jetzt würde alles ganz schnell gehen. José und Miguel würden sich bei Lancer melden und für Klarheit sorgen. Der Polizeipräsident konnte ihn dann nicht länger in der Zelle halten.

Er blickte auf die Uhr des Telefons. Es war jetzt kurz vor sechs, draußen würde es in einer halben Stunde dunkel sein. Palmer steckte sich eine Zigarette an, nahm wieder sein Telefon und stellte es aus. Weil er sich nicht sicher war, wie lange er in diesem Verlies bleiben musste, wollte er Energie im Akku sparen. Und er hatte Angst, dass ihm der Polizist das Handy abnehmen würde, wenn er merkte, dass Palmer aus seiner Zelle telefonierte.

Nach vorn gebeugt saß er auf der verschmutzten Matratze und atmete den Rauch seiner Zigarette tief ein. Durch seinen Kopf ging ihm immer wieder der fehlgeschlagene Kokainschmuggel. Palmer konnte sich nicht erklären, warum ihn die Polizei festgenommen hatte. Lancer musste bei seinen Ermittlungen irgendwelchen falschen Informationen aufgesessen sein, dass er angeordnet hatte, Palmer in Haft zu nehmen.

Als Robert glaubte, dass eine halbe Stunde vergangen sei, schaltete er sein Handy wieder ein. In diesem Moment hörte er, wie die Zelle aufgeschlossen wurde. Palmer legte das Telefon unter seine Jacke und blickte gespannt auf die Tür.

Ein Afrikaner in einem dunklen Overall stand im Eingang, hinter ihm der dicke Uniformierte. Der Afrikaner stellte einen Plastiknapf auf den Boden, daneben eine kleine Plastikflasche mit Wasser.

Palmer war aufgesprungen. »Senhor«, er blickte den Polizisten an. »Ich bitte Sie, bringen Sie mich zu Ihrem Präsidenten, zu Senhor Lancer. Dass ich hier bin, beruht auf falschen Informationen.«

Ehe Palmer seine Worte beendet hatte, wurde die Tür wieder fest verschlossen.

Palmer sprang zwei Schritte nach vorn und trommelte mit den Fäusten an die Tür. »Verdammte Idioten, lassen Sie mich hier raus!« brüllte er laut, aber von draußen gab es keine Reaktion.

Palmer bückte sich. In der kleinen Plastikschüssel war ein lauwarmer Brei aus Reis und braunen Bohnen, Besteck gab es nicht. Palmer stellte die Schüssel auf das schäbige Bett und guckte sich die Wasserflasche an. Das Papieretikett war zerrissen, der Verschluss war bereits einmal geöffnet worden. Palmer schraubte den Deckel ab und hielt seine Nase über das Wasser. Es roch brackig, musste aus einer Tankleitung eingefüllt worden sein und war ungenießbar.

Wieder griff er zum Telefon und ließ das Handy die Nummer seiner Wohnung wählen. Schon nach dem ersten Freizeichen meldete sich Joana. An ihrer Stimme hörte Palmer, dass sie noch immer weinte. »Robert«, schluchzte sie, »Miguel Santos meldet sich nicht. In der Firma ist niemand, und an sein Handy geht er nicht, ich hab es bestimmt sechs oder sieben Mal versucht. Er geht einfach nicht ran. Und José ist in einer Konferenz. Seine Sekretärin hat mir gesagt, dass sie ihn nicht stören darf und seine Sitzung soll noch zwei oder drei Stunden dauern.« Joana begann laut zu weinen und war kaum zu verstehen, als sie fragte: »Was soll ich nur tun, Robert?«

»Versuch weiter, Miguel zu erreichen. Und geh zu Josés Frau, sie soll ihn anrufen und sagen, was passiert ist. Er muss mir helfen, ich will hier raus aus diesem stinkigen Loch!« Palmer steckte sich wieder eine Zigarette an, während er versuchte, Joana erneut zu beruhigen. »Glaub mir, die werden mich hier nicht lange behalten können. Es gibt doch überhaupt keinen Grund dafür.«

In diesem Moment hörte er vor der Tür Stimmen und Schritte. Palmer schaltete das Handy abrupt aus und horchte gespannt. Das musste die Stimme von dem dicken Polizisten sein. Aber sie wurde wieder leiser und Sekunden später kam wieder die Stille in die Zelle.

Erneut rief Palmer zu Hause an und wiederholte, was Joana für eine schnelle Freilassung von ihm tun sollte. Palmer schluckte. Die Situation wurde nicht leichter, seine Hoffnungen auf ein schnelles Gespräch mit dem Polizeipräsidenten schienen plötzlich zunichte gemacht worden zu sein. Gegenüber Joana ließ er sich seine momentanen Gefühle nicht anmerken. Er versuchte, sie aufzumuntern, und lachte ins Telefon.

»Das ist doch alles nur ein Irrtum, Joana. Nachher werden wir beide darüber lachen. Mach schon mal einen Rotwein auf, ich kann heut Abend noch einen Schluck gebrauchen.«

Joana hauchte ein »Ich liebe dich, Robert!« ins Telefon, und sie legten auf.

Palmer sehnte sich nach der jungen Frau. Was gäbe er dafür, sie jetzt in den Armen zu halten, ihren Körper zu spüren, mit seinen Händen durch ihre langen, lockigen Haare zu fahren und sie zärtlich zu küssen.

Ein glucksendes Geräusch aus dem Toilettenloch riss ihn zurück in die Realität. Palmer starrte auf das Loch und sah eine Ratte. Er sprang mit zwei Schritten in die Ecke der Zelle. Die Ratte verschwand wieder. Vom Bett nahm er die Wasserflasche und verstopfte damit das Loch.

Verzweiflung kam in Palmer auf. Er wusste nicht, wie Joana ihm noch helfen konnte. Aber mit der Hilfe von Josés Frau müsste sie es erreichen, dass sein Freund sich noch heute Abend um ihn und seine Freilassung kümmern konnte. Und Miguel Santos müsste doch sicher auch irgendwann am Abend an sein Telefon gehen.

Immer wieder fragte sich Palmer, was die kapverdische Polizei veranlasst haben könnte, ihn in Haft zu nehmen. Er hatte Lancer so gut er konnte geholfen, hatte ihm sein Wissen mitgeteilt, hatte ihm alle Vorfälle der vergangenen Tage geschildert. Plötzlich stockte Palmer in seinem Gedankengang. Er hatte zwar über das Geld gesprochen, aber es lag noch immer in der Aktentasche in seinem Büro an der *Quebra Canela*. War es das, was den Polizeipräsidenten dazu gebracht hatte, ihn in dieses Loch zu stecken? Wie einen Schwerbrecher?

Er stellte die Plastikschüssel mit dem ungenießbaren Essen auf den Boden und breitete am Kopfteil der Matratze seine Jacke aus und legte sich widerwillig hin. Es ekelte ihn, sich auf dem verdreckten Bett auszuruhen. Der Geruch der Matratze war kaum zu ertragen, aber Palmer versuchte dennoch, zur Ruhe zu kommen.

Mach dich nicht verrückt, sagte er zu sich selbst. Sie können dir nichts vorwerfen. Du hast dir absolut nichts zuschulden kommen lassen. Das Geld kann er sofort haben.

Er starrte auf die völlig verdreckte Zellendecke und legte die Arme über die Brust, um mit den Händen nicht die Matratze berühren zu müssen.

Er musste eingeschlafen sein, als ihn sein Handy weckte. Er drückte die Annahmetaste und war plötzlich hellwach. Er hörte die Stimme von José.

»Robert, mein Gott, was ist passiert? Ich habe eben mit Joana telefoniert. Sie hat mir erzählt, dass sie dich eingesperrt haben. Wo bist du?«

Palmer schilderte seine Situation. »José, ich bitte dich, komm her, fahr zum Präsidium, versuch, Lancer zu sprechen. Der kann mich hier nicht sitzen lassen. Ich muss hier raus.« Palmer war kurz davor, in Tränen auszubrechen. »José, bitte tu etwas, ich bitte dich, hilf mir! Ich kann hier nicht bleiben, hol mich hier raus!«

»Bleib ruhig, mein Bruder«, antwortete José. »Ich breche meine Sitzung ab und komme sofort. Hoffentlich ist Lancer da.«

Palmer hatte sich wieder auf das Bett gesetzt. Zwischen gespannter Hoffnung und totaler Verzweiflung sank Palmer in seiner Zelle zusammen.

Er wird mir helfen können, er bringt mich raus aus diesem Dreckloch, sagte er zu sich selbst und versuchte, die negativen Gefühle zu verdrängen.

Wieder blickte Palmer auf die Uhr: Es war kurz vor halb elf, José würde in zehn Minuten hier sein können, und wenn Lancer jetzt noch in seinem Büro war, müsste der Präsident ihn spätestens in einer halben Stunde aus der Zelle holen lassen. Wenn José zu ihm gelassen wurde, wenn Lancer da war und wenn er jetzt endlich bereit war, mit Palmer über den Grund seiner Festnahme zu sprechen.

Palmer griff zur letzten Zigarette und zündete sie an. Fast gierig sog er den Qualm tief ein. Immer wieder blickte er auf die Uhr im Display des Telefons. Die Zeit schien stehen zu bleiben. Er warf die leere Zigarettenschachtel unter das Bettgestell und steckte Portemonnaie, Feuerzeug und Handy in seine Jacke. Palmer wartete. Es war wie eine Ewigkeit. Nichts rührte sich draußen vor der Zellentür. Keine Schritte, keine Stimme war zu hören. Er schien allein auf dieser Welt zu sein. Und er glaubte, er könnte diese Nacht hier allein in der Totenstille nicht überstehen. Palmer fühlte sich wie gefoltert.

Endlich, nach über einer Stunde, glaubte er draußen auf dem Flur etwas zu hören. Palmer sprang vom Bett auf und trommelte erneut mit der flachen Hand an die Tür.

»Machen Sie auf, lassen Sie mich hier endlich raus!«, rief er gegen die schwere, hölzerne Tür. Er schwieg, hielt die Hand ruhig und lauschte. Jetzt hörte er langsame Schritte. Palmer presste sein Ohr an die Tür. Jemand kam draußen auf dem Flur zu seiner Zelle. Er trat zwei Schritte zurück, als ein Schlüssel in das Türschloss gesteckt wurde.

Ein Polizist, den er nicht kannte, stand in der geöffneten Tür. »Kommen Sie raus«, sagte er mit versteinerter Miene.

Palmer riss seine Jacke von der Matratze und folgte dem Mann. »Endlich! Haben Sie endlich gemerkt, dass ich hier nichts zu suchen habe, dass Sie mich völlig zu unrecht hier festgehalten haben?« Palmer war sich klar darüber, dass der Polizist ihm keine Antwort geben würde. »Wohin gehen wir?«, fragte er den Mann.

»Folgen Sie mir«, sagte der Polizist nur, ohne Palmer anzugucken. Er ging vor Palmer zurück in das Haupthaus und über die Treppe in den ersten Stock.

Palmer kannte den Weg. Sie gingen zum Büro von Polizeipräsident Lancer. José musste ihn erreicht haben und hatte ihn offenbar davon überzeugt, Palmer endlich nach dem stundenlangen Warten in der Zelle zu vernehmen.

Der Polizist öffnete die Tür zum Vorzimmer des Präsidenten und klopfte an die Tür von Lancer. Aus dem Raum hörte man ein lautes »Ja«.

Im Zimmer saß Polizeichef Lancer hinter seinem Schreibtisch, vor ihm Miguel Santos, José stand mitten im Raum und blickte auf die Tür. Er nahm Palmer in den Arm, als er eintrat.

Palmers Augen blitzten, als er auf Lancer sah. »Was machen Sie mit mir? Sie lassen mich festnehmen, sperren mich in ein absolutes Dreckloch hier in Ihrem Haus, keiner sagt mir, was mir vorgeworfen wird, und Sie behandeln mich wie einen Schwerverbrecher!« Palmers Atem raste, er guckte auf José, der ihm zunickte und dann auf Miguel.

Miguel blickte nur starr auf den Schreibtisch.

Lancer stand auf. »Senhor Robert, dieser Mann hier«, und er zeigte auf Miguel, »der hat hier heute erklärt, dass Sie das Kokain organisiert haben, dass wir zum Glück sicherstellen konnten, als es in Ihren Container geschmuggelt werden sollte. Sie sind wegen des Verdachts des Kokainhandels festgenommen worden.« Lancer griff zum Schreibtisch, steckte sich eine Zigarette an und blickte auf Palmer, der für ein oder zwei Sekunden wie versteinert in dem Büro stand, ehe er sich fasste.

»Was hast du gesagt?«, rief Palmer mit hochrotem Kopf und starrte auf Miguel. Dann sah er zum Polizeichef: »Ich soll mit Kokain gehandelt haben? Ich? Sind Sie wahnsinnig geworden?« Dann drehte er den Kopf wieder zu Miguel. »Du Schwein, du elendes Schwein. Du versuchst, deine Haut zu retten. Du warst es also doch, der für den Drogentransport von Brasilien hierher gesorgt hat.« Palmer sprang auf Miguel zu und riss ihn an seiner Jacke aus dem Stuhl.

Lancer schrie etwas Unverständliches, und von hinten stürzte der an der Tür wartende Polizist auf Palmer und zwang ihn, Miguel loszulassen.

José hob wie zur Beruhigung die Hände. »Senhor Lancer«, sagte der Angolaner zum Polizeipräsidenten, »ich bin über die Vorkommnisse informiert. Ich lege meine Hand für Senhor Robert ins Feuer. Er hat mit Sicherheit nichts mit den Drogen zu tun, nicht in diesem Fall und nicht in der Vergangenheit.«

Palmer zeigte auf Miguel und sagte: »Der Mann war wenige Tage vor Ihrer Festnahme im Hafen in Brasilien. Ich bin mir sicher, dass er da neue Drogenlieferungen angeschoben hat. Jetzt mich zu verdächtigen, das ist eine Ungeheuerlichkeit, eine Unverschämtheit. Das ist Ihr Mann, Senhor Lancer!« Und Palmer zeigt erneut mit langem, ausgestrecktem Arm wieder auf den Portugiesen.

Der Polizeipräsident guckte von Palmer zu Miguel und stand jetzt breitbeinig mit vor der Brust verschränkten Armen hinter seinem Schreibtisch. Völlig ruhig fragte er: »Senhor Miguel, was haben sie in Brasilien getan? Haben Sie«, und er betonte das Wort *Sie* mit aller Schärfe, »haben Sie etwas mit den Drogenlieferungen hierher auf die Insel Santiago zu tun?«

Es war nur schwer zu erkennen, aber Miguel zitterte am ganzen Körper, als er mit wenig klarer Stimme, aber dennoch laut und deutlich in den Raum rief: »Dieser Palmer ist doch verrückt, Senhor Lancer. Es ist völlig klar, dass er jetzt die Anschuldigungen von sich abwälzen will. Ich bin hier auf den kapverdischen Inseln ein angesehener Geschäftsmann, habe oben in meiner Firma über dreißig Arbeitsplätze geschaffen. Warum sollte ich das alles mit lächerlichen Drogen aufs Spiel setzen?«

Lancer nahm die Arme herunter und stützte sich mit beiden Händen auf den Schreibtisch. »Lächerlich sind diese Drogen nicht, Senhor Miguel. Sie führen viele Menschen in das totale Verderben, ins Elend, sie töten und füllen einigen skrupellosen Menschen die Taschen mit Geld.« Der Polizeipräsident forderte alle drei Männer auf, sich zu setzen. »Ich habe zu telefonieren. Bitte warten Sie, meine Herren!«

Der Deutsche, der Angolaner und der Portugiese setzten sich wortlos. Lancer wählte eine nur zweistellige Nummer, gab kurze Befehle ins Telefon, und wenige Augenblicke später betraten zwei uniformierte Polizisten das Büro und stellten sich an die Tür. Ihr Chef griff erneut zum Hörer und ließ sich mit dem *Procurador da República*, dem Staatsanwalt, verbinden. Dies waren die einzigen Worte, die Palmer verstand, denn Lancer sprach ein schnelles Kreolisch. Dann hörte er den Namen »Miguel Santos«, der irritiert aufblickte und die Stirn in Falten legte. Lancer verabschiedete sich am Telefon, sagte mehrfach *»Obrigado, senhor«* und legte nur kurz auf. Erneut wählte er eine offenbar interne Rufnummer und sagte dann im für alle Anwesenden verständlichen Portugiesisch: »Vier von Ihnen fahren jetzt zum Privathaus des Kaffeehändlers Miguel Santos. Durchsuchen Sie das ganze Haus nach möglichen Spuren, die auf den Handel von Drogen Rückschlüsse erlauben könnten. Registrieren Sie jede noch so kleine Kleinigkeit und rufen Sie mich sofort in meinem Büro an, wenn Sie fündig geworden sein sollten!«

Die drei Männer auf den Stühlen und auch die beiden uniformierten Polizisten hatten schweigend die drei Telefonate verfolgt und zuckten kurz zusammen, als der Polizeichef den

Hörer aufknallte. Kaum zu hören war es in dem Büro, als Lancer leise vor sich hinmurmelte: »Es wäre ja gelacht, wenn wir hier nicht endlich die Wahrheit herausbekommen und wissen, wer hier seine Finger in diesem verfluchten Drogengeschäft hat.«

Miguel begann zu schwitzen, wutentbrannt blickte er auf den Polizeichef. »Was soll dieser unglaubliche Schwachsinn, sind Sie jetzt hier alle total durchgedreht?«

Lancer überging diese Worte mit einer abwinkenden Geste. Erneut vernahm er Palmer und Miguel. Immer wieder unterbrach der Kriminalist die beiden Männer, stellte Nachfragen und notierte sich Stichworte. Trotz der mehrfachen Hinweise sowohl von Palmer als auch von Miguel mit den Worten »Das hab ich ihnen doch schon erklärt!«, ließ Lancer nicht von seinem Plan ab.

Es war nach Mitternacht, als das Telefon auf dem Schreibtisch des Polizisten klingelte. Das Gespräch dauerte nur wenige Augenblicke, Lancer sagte mehrfach nur *»Sim«* und gab damit zu erkennen, dass er seinen Mitarbeiter verstanden hatte.

Lancer erhob sich vom Stuhl, ging um seinen Schreibtisch und legte die Hand auf die Schulter von Miguel Santos. »Senhor, ich nehme Sie wegen des dringenden Tatverdachts des Drogenhandels und des Mordes oder zumindest der Anstiftung zum Mord an Carla Lancer fest!« Miguel verharrte bewegungslos auf seinem Stuhl, als der Polizeichef sagte: »Meine Männer haben in Ihrem Haus Kokain gefunden. Offenbar haben Sie sich etwas für den Eigengebrauch von der Lieferung zurückbehalten. Schon damit haben Sie gegen unsere Gesetze verstoßen. Es liegt mehr als nahe, dass dieses Kokain von ihrer Lieferung aus Südamerika stammte. Es wird uns ein Leichtes sein, das nachzuweisen!«

»Sie Idiot, Sie sind doch verrückt!« Miguel sprang aus seinem Stuhl, stürzte sich auf einen der Beamten, der an der Tür stand, schlug ihn mit einem gezielten Faustschlag nieder, riss die beiden Flügeltüren auf und stürmte durch das Vorzimmer auf den Flur.

Lancer und der andere Polizist kamen nicht so schnell hinterher, um ihn zu stoppen. Der Polizeichef sprang an sein Telefon, drückte eine Nummer und brüllte mit lauter Stimme, den Mann festzuhalten, der jetzt unten durch den Ausgang des Präsidiums laufen würde. Zu Palmer und José rief er nur: »Warten Sie hier!« und stürzte, gefolgt von seinem Mitarbeiter, raus auf den Flur.

José und Palmer beugten sich über den auf dem Boden liegenden Polizisten und hoben ihn hoch. Der Mann stöhnte und rieb sich den Unterkiefer. Aus seinem Mund lief Blut. Die beiden Freunde setzten den Verletzten auf den Stuhl, auf dem eben noch Miguel gesessen hatte.

Palmer drehte sich zu José. »Danke, dass du so schnell gekommen bist.« Er schüttelte den Kopf. »Dieser Santos, dieses Schwein. Ich hatte ihn gleich in Verdacht. Aber jetzt ist klar, dass er es war, der meine Container immer wieder zum Transport seiner Drogen genutzt hat. Hoffentlich haben sie ihn unten gefasst.«

»Ich bin froh, dass das so ausgegangen ist, mein Bruder«, sagte José und klopfte seinem Freund auf die Schulter.

»Santos hat es nicht geschafft, zu fliehen. Wir haben ihn in unserer Gewalt«, sagte Lancer in diesem Moment, als er atemlos zurück in sein Büro kam. »Wir waren schneller!« Der Polizeichef von Praia lächelte seine beiden Besucher an. Lancer ging noch immer schwer atmend auf Palmer zu. »Es tut mir leid, Senhor Robert, es tut mir sehr leid, dass wir zunächst Sie verdächtigten. Aber Santos hat uns so glaubhaft versichert, dass Sie der Mann für das Kokain waren, dass ich nicht anders konnte, als sie zunächst festzunehmen.« Er reichte Palmer die Hand. »Entschuldigen Sie das, was Ihnen die Polizei heute angetan hat. Ich verstehe Ihren Zorn und Ihre Wut, aber ich musste so handeln.«

Palmer nickte. »Länger hätte ich es da unten in dem Loch auch nicht aushalten können. Das war hart an der Grenze des Erträglichen, Senhor Lancer. Aber ich bin froh, dass ich jetzt wieder auf freiem Fuß bin. Und viel wichtiger ist es, dass Sie Santos haben. Ich kann es noch immer nicht fassen. Zwei Jahre habe ich mit ihm zusammengearbeitet. Nie gab es Probleme zwischen uns, aber er hat mein Geschäft mit Deutschland für seinen verfluchten Drogenhandel ausgenutzt.« Palmer schüttelte Lancer die Hand und lächelte ihn fast dankbar an, als er fragte: »Und, lassen Sie mich jetzt gehen?«

Lancer erwiderte sein Lächeln. »Kommen Sie bitte morgen vorbei, es gibt noch ein paar Fragen zu klären. Santos wird morgen früh erstmals vernommen, ich hoffe, er gibt uns alle Informationen, die wir und die Ermittler in Deutschland jetzt noch brauchen.« Er machte eine kurze Pause und sagte dann mehr zu sich: »Und wer für den Tod von Carla Lancer die Verantwortung trägt.«

Unten auf der Straße stieg Palmer in Josés Auto. Kaum ein Mensch hielt sich jetzt, eine Stunde nach Mitternacht, noch im Zentrum der Stadt auf. Als die beiden befreundeten Nachbarn die *Quebra Canela* erreichten, öffnete Nenezinho das Gartentor. Palmer fasste mit beiden Händen Josés rechte Hand und immer wieder bedankte er sich bei seinem Freund und Nachbarn, bevor er zu Joana in seine Wohnung ging.

Seine Freundin begrüßte ihn stürmisch und bedeckte Palmers Gesicht mit Küssen. »Ich hab es fast nicht mehr geglaubt, dass du kommst«, sagte sie. »Robert, es muss furchtbar gewesen sein. Was hat Lancer gesagt, warum haben sie dich mitgenommen, und ist der Spuk jetzt endlich vorbei?«

Palmer lächelte über die vielen Fragen seiner Freundin und erzählte.

* * *

»Seit Jahren, Senhor Robert werden die Kapverden als Umschlagsplatz für Drogen genutzt«, erklärte Praias Polizeichef Lancer am nächsten Vormittag. Palmer saß wieder in dem Büro, in dem Santos in der vergangenen Nacht festgenommen worden war. »Die Schmuggler wissen, dass in unserem Land nur wenig kontrolliert wird. Wir haben einfach nicht das Personal dafür. Aber ich denke, uns ist jetzt ein ganz großer Fisch ins Netz gegangen. Und dafür danke ich Ihnen, Senhor Robert, sehr.« Lancer klopfte jetzt mit einem Stift auf seine Schreibtischunterlage. »Es ist vermutlich nur noch eine Frage der Zeit, und dann wissen auch wir hier in Praia, wer in Hamburg der Empfänger der Drogen war. Ich habe noch nicht mit den deutschen Ermittlern gesprochen, weil ich beim ersten Verhör von Santos dabei sein wollte. Er hat zugegeben, Kontakte zu ihrem Chef in Hamburg zu haben. Beide, Santos und auch Ihr Chef, müssen die Drahtzieher gewesen sein. Und sie haben erst Carla Lancer und dann auch Castro und seinen Partner mit in ihr verbrecherisches Geschäft gezogen.« Der Polizeichef stützte den Kopf in die Hand, guckte auf seinen Schreibtisch und sagte: »Dass Carla Lancer getötet wurde, hat Castro zu verantworten. Aber Santos war es, der ihn dazu beauftragt hatte. Carla wollte mehr und mehr Geld aus dem Drogenhandel.« Leiser fügte er hinzu: »Ich verstehe es noch immer nicht, warum sie das getan hat. Aber sie war immer eine Frau, die Macht und Geld wollte. Jetzt hat sie dafür bezahlt.«

Palmer hatte gespannt den Worten Lancers zugehört. »Ich habe sie so oft erlebt, als Frau, der nur ihre eigene Meinung zählte, die bestimmte und die auch für mich ein Mensch war, den man nur schwer verstehen konnte.« Palmer erzählte jetzt viel über die Frau, die sich mit Kontakten zu Persönlichkeiten des Landes schmückte und die ihren ganz eigenen Weg ging. Dann wechselte er das Thema: »Mein Chef, Dr. Harald Helm, rechnet offenbar fest damit, dass mit meinem Container jetzt wieder eine neue Lieferung Drogen nach Hamburg kommt. Er hat sich mehrfach bei mir nach der Container-Lieferung erkundigt. Aber, Senhor Lancer, mir gegenüber hat er fest behauptet, selbst nie in Kontakt mit den Drogen gekommen zu sein.«

Der Polizist lächelte. »Glauben Sie wirklich, dass ein Geschäftsmann sich die Hände mit diesem Geschäft schmutzig macht? Dass er selbst an den Container geht, um die Drogen herauszuholen? Natürlich hat er dafür seine Leute. Die wird er wieder beauftragen und ist daher auch so sehr daran interessiert, den genauen Ankunftstermin im Hafen von Hamburg zu erfahren. Dann schickt er seine Leute los, und das Teufelszeug ist wenig später in seinen Händen oder zumindest entscheidet er, wo es weiter verarbeitet und verkauft wird.« Lancer streckte sich, die Anstrengungen der Nacht waren an ihm nicht spurlos vorüber gegangen. »Meine Hamburger Kollegen, Senhor Robert, tun gut daran, wenn sie erst nach dem Eintreffen der Lieferung zuschlagen.«

Palmer nahm dankbar das Angebot an und zog sich eine Zigarette aus der ihm hingehaltenen Schachtel. »Was kann ich machen? Mir ist es wichtig, dass Helm nicht ungeschoren davon kommt. Ich wär gern dabei, wenn die deutsche Kriminalpolizei ihn festnimmt.«

Lancer nickte. »Ich kann Sie verstehen, und ich hielte das

vielleicht sogar für eine hilfreiche Idee. Sie lassen Helm unbedingt weiter in dem Glauben, dass nicht nur Kaffee sondern auch das Kokain im Container ist. Sie reden mit ihm und provozieren ihn, über die Drogen zu sprechen. Die Polizei in Hamburg wird da gern zuhören wollen. Aber darüber können Sie sich mit der Polizei in Hamburg absprechen.«

Palmer sog tief an der Zigarette und rutschte auf seinem Stuhl hin und her. »Ich will,« er zögerte und sagte: »Nein, ich muss noch etwas wissen. Ich habe ihnen vor einigen Tagen gesagt, was ich in meinem Koffer nach meiner Ankunft hier in Praia vorgefunden habe. Ein kleines Paket, das noch in meinem Haus liegt. Ich ...« Palmer beendete nicht seinen Satz.

Lancer schaute dem Deutschen tief in die Augen. Dann zog er leicht die Mundwinkel nach oben. »Senhor Robert, ich weiß nichts von einem Paket. Außerdem stammt es ja aus Ihrer Heimat.« Mehr sagte der Polizist nicht, stand auf und reichte dem Deutschen die Hand. »Wir telefonieren!«

* * *

Nach seinem über einstündigen Gespräch mit dem Polizeichef fuhr Palmer mit seinem Landrover zufrieden und erleichtert zurück in sein Haus.

»Lancer hat sich bei uns bedankt«, erzählte er Joana auf der sonnigen Terrasse. »Er ist mindestens so froh wie ich, dass Miguel jetzt in Haft ist.« Palmer streckte die Arme aus und lächelte seine Freundin an. »Miguel wird vernommen. Und Lancer ist sich sicher, dass er diesen Castro und seinen Kumpan zum Mord an Carla angestiftet hat.«

Palmers Gesicht wurde ernster, als Joana ihn fragte: »Und dein Chef in Deutschland? Er weiß noch nicht, was hier passiert ist, oder hast du mit ihm schon gesprochen?«

Er schüttelte den Kopf. »Nein, kein Wort. Er weiß nichts, aber wahrscheinlich hofft er noch auf eine neue Drogenlieferung. Aber das haben wir ihm gründlich verdorben.«

Palmer zog sein Handy aus der Tasche und guckte auf den Kalender. »Der Container wird in vier oder fünf Tagen in Rotterdam eintreffen, zwei Tage später ist er in Hamburg. Dann spätestens wird Helm wissen, dass für ihn hier etwas schiefgelaufen ist. Denn er rechnet mit Sicherheit damit, dass das Kokain im Container sein wird. Er stand auf, ging an die Mauer der Terrasse und blickte auf den blaugrünlich schimmernden Atlantik.

Joana kam zu ihm und schmiegte sich von hinten an seinen Körper. »Brauchst du eigentlich einen Geschäftspartner in Deutschland?«, fragte sie. »Brauchst du jemanden in Deutschland für deine Arbeit hier?«

Palmer befreite sich langsam aus der zärtlichen Umarmung und drehte sich zu Joana. Er schüttelte den Kopf. »Nein, absolut nicht. Du weißt, wie meine Arbeit aussieht. Ich besorge die Abnehmer des Kaffees in Deutschland, kaufe ihn dann vorher hier ein und organisiere den Transport nach Hamburg. Helm strich nur das Geld ein. Er hat vor zwei Jahren hier den Start finanziert, zahlt heute die Miete für das Haus und bezahlt mich. Aber das ist ein Leichtes, denn die Gewinnspanne für den Kaffee ist groß. Er verdient nicht schlecht durch meine Arbeit.« Palmer stieß einen lachenden Laut aus. »Und damit meine ich wirklich nur den Kaffee und nichts anderes aus dem Container!«

Rosa servierte ihnen auf der Terrasse Kaffee, und Palmer sprach mit Joana den halben Vormittag über Möglichkeiten und Wege, wie ihr Leben weitergehen sollte.

»Joana«, sagte er, »ich war in den letzten vier Wochen zweimal in Hamburg.« Er machte eine Pause und sah ihr in die Augen. »Ich fliege jetzt noch mal hin, und du solltest mitkommen. Ich will Helm noch ein letztes Mal sehen. Ich will erleben, wie er für das, was er getan hat, bezahlen muss.«

Zwei Tage später flogen Palmer und Joana mit der kapverdischen Fluggesellschaft TACV über die Insel Sal nach München. Sie schafften es in letzter Minute, den Anschlussflug nach Hamburg zu erreichen und landeten am frühen Abend auf dem Airport in Fuhlsbüttel. Polizeichef Lancer hatte Palmers Besuch bei der Hamburger Polizei angekündigt und ihm einen Ansprechpartner im Drogendezernat genannt.

Am Flughafen mietete Palmer ein Auto, und sie fuhren zu seiner Wohnung im Stadtteil Eimsbüttel. Palmer stellte bei Außentemperaturen von wenigen Grad über Null die Heizung auf höchste Stufe, bevor sie zu einem Abendessen in ein kleines Restaurant in der Nähe gingen.

Palmer war unruhig und nervös, als er am nächsten Vormittag mit Joana zum Hamburger Polizeipräsidium fuhr. Am Eingang des großen Gebäudekomplexes nannte er seinen Namen und sagte: »Ich habe vorhin angerufen und bin mit Kommissar Landfeld verabredet. Der uniformierte Beamte telefonierte kurz und beschrieb den nicht einfachen Weg zu dem Büro. Robert und Joana fuhren mit dem Fahrstuhl in den dritten Stock und gingen durch lange, geflieste Flure. Schließlich standen sie vor Raum 314, neben der Eingangstür stand Landfelds Name.

»Ich habe Sie erwartet, Herr Palmer. Herr Lancer hat mich über Mail und in mehreren Telefongesprächen über das informiert, was da auf den Kapverden passiert ist. Kommen Sie rein, nehmen Sie Platz.« Kommissar Landfeld stellte seinen Besuchern zwei Becher Kaffee auf eine Schreibtischecke und ließ sich nun auch noch mal von Palmer die Ereignisse der letzten Tage in Praia schildern. Er stellte nur wenig Fragen und machte sich dabei kurze Notizen auf einem Stenoblock.

»Wir haben einen interessanten Vorschlag von Herrn Lancer bekommen«, sagte Landfeld schließlich und lehnte sich zurück. »Wären Sie, Herr Palmer, bereit, sich von uns mit einem Mikrofon verkabeln zu lassen, dass wir Ihr Gespräch mit Herbert Helm mitverfolgen können? Uns gegenüber wird er sicherlich alles abstreiten. Wir würden unten am Fleet in einem Spezialfahrzeug Ihre Unterredung mithören und dann zu einem geeigneten Zeitpunkt eingreifen.«

Robert runzelte die Stirn. »Geeigneter Zeitpunkt? Was meinen Sie damit?«

Der Hamburger Kommissar schmunzelte leicht. »Nun, wir müssen einfach hören, dass Helm Ihnen gegenüber zugibt, dass er seit Monaten der Empfänger der Drogen aus Westafrika ist. Wenn wir das erfahren, sind wir im Büro und werden dafür sorgen, dass Herbert Helm nie wieder Geschäfte mit Drogen wird machen können. Bringen Sie ihre Freundin ruhig zu dem Gespräch mit. Das wird noch unverdächtiger erscheinen, auch wenn ich mir nicht vorstellen kann, dass Helm überhaupt etwas ahnen wird.«

Landfeld und Palmer besprachen noch einige Details. Auf Vorschlag des Drogenermittlers sollte das Gespräch zwischen Palmer und Helm am nächsten Vormittag um 11 Uhr stattfinden.

* * *

Um halb zehn am nächsten Morgen verließen Robert und Joana die Wohnung in der Roonstraße, nahmen in einem Stehcafé ein kleines Frühstück ein und fuhren dann zum Hafen. An einem verabredeten Ort trafen sie auf Kommissar Landfeld, der von vier Kollegen begleitet wurde. In dem mit umfangreicher Abhörtechnik ausgerüsteten Kleintransporter legte einer der Beamten Palmer das drahtlose, leistungsstarke Mikrofon an.

»Verhalten Sie sich so, wie Sie es allein tun würden, Herr Palmer. Vergessen Sie uns einfach. Und versuchen Sie, den Mann dazu zu bewegen, dass er über seine Drogen spricht. Wenn Sie das schaffen, ist Helm unser Mann, für lange Zeit!« Die Männer reichten sich die Hände und Landfeld wünschte: »Viel Glück!«

Es war wenige Minuten nach elf, als Palmer und Joana da Silva das Haus im Cremon betraten. Nach dem Klingeln öffnete Helms Sekretärin Gaby Korinth die Eingangstür zum Büro der Im- und Exportfirma. Die Frau schien zum ersten Mal sprachlos zu sein. »Du, Robert, du ...«

Palmer lächelte sie freundlich an: »Ja, ich bin schon wieder hier. Ich muss mit dem Doktor noch was klären.« Dann hob er die Hand: »Entschuldigung, das ist meine Freundin Joana da Silva.« Er drehte sich zu ihr und sagte auf Portugiesisch: »Joana, du wartest am besten hier im Flur auf mich. Es wird sicher nicht lange dauern.« Palmer klopfte an die Tür von Helm, zögerte den Bruchteil einer Sekunde und öffnete sie dann.

Der grauhaarige Geschäftsmann schien nicht sehr verwundert, seinen Mitarbeiter aus Afrika erneut in seinem Büro zu sehen. Sein Gesicht aber wirkte wie versteinert, als Palmer ihm mitteilte, er werde die Mitarbeit aufkündigen.

Harald Helm blickte über seine Brille auf Palmer und begann, leicht nervös mit den Fingern auf den hölzernen Schreibtisch zu trommeln. Dann schüttelte er den Kopf. »Nein, Palmer, das machen Sie nicht mit mir.« Helm sprach so leise, dass Palmer ihn kaum verstand. Der knapp sechzigjährige Kaufmann rutschte unruhig auf seinem schweren Lederstuhl hin und her. Mit dem Finger zeigte er dann auf

Palmer. Seine Stimme war schneidend kalt. »Ich hab Ihnen die Sache da unten in Afrika aufgebaut und finanziert. Ich habe große Summen in das Projekt investiert. Und jetzt, wo es profitabel ist und läuft, wollen Sie in die eigene Tasche wirtschaften? Palmer, das läuft nicht!« Helm war aufgestanden und blickte auf Palmer, der unbeweglich ihm gegenüber auf der anderen Seite des Schreibtisches saß.

Palmer rutschte den Stuhl ein Stück zurück, stützte sich auf die Armlehnen und sprang auf. »Doch, Herr Dr. Helm, das wird so laufen, und Sie werden nichts dagegen unternehmen können!« Palmer spürte, wie schnell sein Herz pochte. Keinen Gedanken verschwendete er an das kleine Mikrofon an seiner Jacke. Er ballte die Fäuste. »Mir ist völlig klar, warum Sie mich nicht gehen lassen wollen. Ich bin doch Ihr dummer Junge, der seit Monaten für Sie die allerbesten Vorbereitungen für Ihr Drogengeschäft geschaffen hat.«

Helm riss die Augen auf, seine Schultern sackten herunter. Er stützte sich mit beiden Händen leicht vorgebeugt auf den Schreibtisch und setzte sich wieder, als Palmer erklärte: »Mir ist völlig klar, Herr Helm, dass auch mit der neuesten Kaffeelieferung jetzt Drogen nach Hamburg gebracht werden sollen. So wie schon in den letzten Wochen und Monaten. Sie haben meine ehrliche Arbeit schamlos ausgenutzt. Es war ihnen völlig gleichgültig, was aus mir werden würde. Aber ich mache Schluss. Mit mir werden sie das nicht weitertreiben.«

Der Hamburger Kaufmann lockerte mit fast zitternden Händen seine dunkelblaue Krawatte. Wutentbrannt stierte er auf seinen Mitarbeiter. Sein Gesicht wurde kreideweiß. »Palmer, Sie Schwein, Sie verdammtes Schwein. Wem haben Sie davon erzählt? Wem um Himmels willen haben Sie etwas von Drogen erzählt?« Die Stimme des Mannes überschlug sich jetzt fast. »Das ist ein wahnsinnig lukratives Geschäft, das ich da ins Rollen gebracht habe. Sechsmal schon ist das Kokain hier nach Hamburg gekommen.« Der Kaufmann atmete schwer und sagte: »Ja, Palmer, ich habe das Kokain hier nach Hamburg geholt! Die nächste Lieferung kommt jetzt. Und Sie, Palmer, Sie haben davon doch auch profitiert. Geld, das Haus da unten, ein Leben wie ein Privilegierter haben Sie führen können. Und jetzt dieses schweinische Verhalten von Ihnen. Palmer, gehen Sie raus hier!« Helms Stimme war mit jedem Wort lauter geworden. Jetzt sprang er von seinem Bürostuhl auf und brüllte so laut, dass seine Stimme sich erneut überschlug: »Raus hier, raus und ich will Sie nie wieder sehen!« Helm atmete schwer, schien sich nach Sekunden zu beruhigen und sagte dann leiser aber mit scharfer Stimme: »Und wagen Sie es nicht, mir irgendeine Drogengeschichte anzuhängen. Nichts wird man mir nachweisen können!« Er blieb hinter dem Schreibtisch stehen, machte eine Pause, zeigte mit ausgestrecktem Arm zur Tür und sagte: »Gehen Sie, Robert Palmer!«

Palmer stieß einen kurzen, lachenden Laut aus, blickte abschätzend auf den Kaufmann, drehte sich und verließ den Büroraum. In diesem Moment schlugen Fäuste an die Tür zum Büro der Firma. Palmer riss sie auf, und Landfeld und seine Kollegen stürmten herein. »Da drin sitzt er«, rief Palmer und zeigte auf das Zimmer von Dr. Harald Helm.

Die Drogenermittler waren mit wenigen Schritten bei dem Hamburger Kaufmann. »Harald Helm, Sie sind festgenommen wegen des dringenden Tatverdachts des Drogenhandels. Kommen Sie bitte mit uns mit!«

Helm zitterte. Hasserfüllte Blicke fielen auf Robert Palmer. Widerstandslos ließ er sich Handschellen anlegen und abführen. Er sagte kein Wort. Zwei der vier Polizisten hatten Helm in ihre Mitte genommen, und Sie verließen das Haus.

Landfeld kam zu Robert, der neben Joana stand. »Herr Palmer, Sie haben hervorragende Arbeit geleistet. Sie haben verdammt viel dazu beigetragen, dass Helms Kokainhandel jetzt und hier beendet ist.« Er drückte Robert fest die Hand und verabschiedete sich von beiden. Nur einen Schritt ging er, drehte sich dann um, sagte »Erlauben sie?« und entfernte das Mikrofon von Palmers Jacke.

»*Anda, vamos!* Komm, wir gehen auch!«, sagte er auf Portugiesisch zu Joana. Im Eingang zum Sekretariat stand Helms Mitarbeiterin Gaby Korinth mit leicht geöffnetem Mund, aber sie brachte kein Wort hervor.

Palmer nahm Joana an der Hand und wortlos verließen sie die Räume der Im- und Exportfirma von Dr. Harald Helm.

Palmers lächelte. Er fühlte sich wie ein Sieger nach einem schweren Kampf. Als sie durch den Hauseingang auf die Straße Cremon gingen, blieb Palmer stehen und nahm seine Freundin Joana in den Arm und küsste sie.

»Ich habe nichts verstanden, was da gesagt, gerufen und geschrien wurde. Ist alles okay?«, fragte Joana und lächelte Palmer an.

»Ja, mein Engel! Es ist aus mit dem Kaffee-Importeur Harald Helm. Endgültig! Er hat vermutlich nicht eine Sekunde daran gedacht, dass er hier heute das schlechteste Geschäft seines Lebens machen würde.«

Palmer drehte sich um und guckte auf das Haus der Im- und Exportfirma. Und legte dann den Arm um Joana, als sie in die Innenstadt Hamburgs gingen. »Lass uns ein paar Tage bleiben und dann einen Flug nach Praia buchen. Hier ist es verdammt kalt und auf den kapverdischen Inseln müssen wir uns ein neues Haus suchen.«

Robert Palmers Rezepte der kapverdischen Küche

Das Nationalgericht *Cachupa*

Zutaten: Frisch gestampfter Mais, gemischte Bohnen (Trockenbohnen tags zuvor einweichen), frischer Knoblauch, Lorbeerblätter, Zwiebeln, grüne Bananen, Kartoffeln, Süßkartoffeln, Maniok, Kürbis, Tomaten, Kohl, Speck, Brühwürfel, Olivenöl und Pfeffer. Für die *Cachupa rica* (»reiche Cachupa«) geräucherte Wurst, Schweine- und Rindfleisch und Hühnchen.

Zubereitung: Bohnen, Mais und Gemüse waschen, in einem großen Topf mit Wasser den Mais etwa zehn Minuten kochen, Bohnen, Lorbeer und Olivenöl zugeben, bedeckt mit Wasser etwa 50 Minuten köcheln lassen und dann Fleisch und Wurst in kleinen Stücken zugeben. In der Pfanne Zwiebeln, enthäutete Tomaten mit Öl und frischem Knoblauch anbraten und der *Cachupa* zugeben. Mit Salz und Pfeffer abschmecken und dann Gemüse und Kartoffeln kleingeschnitten hinzugeben und kochen, bis ein festerer Eintopf entsteht.

Dessert *Doce de Papaya*

Zutaten: Geschälte und entkernte Papaya (nicht zu weich), die gleiche Menge Zucker, Saft und geriebene Schale einer Zitrone, Ziegenkäse.

Zubereitung: Papaya schälen, Kerne mit einem Löffel entfernen und Frucht in kleine Scheiben schneiden. Früchte mit Zucker und einem Teelöffel Zitronensaft und der geriebenen Schale bei geringer Hitze kochen, bis der Zucker geschmolzen ist. Nachdem eine festere Creme entstanden ist, erkalten lassen und mit fein geschnittenem Ziegenkäse servieren.